雞屎藤

陳玉峯

雞屎藤　目次

雞屎藤　目次

推薦序

我們以為是走向世界，（結果）卻是遠離了世界

黃文龍

玉峯兄本就勤於草根田野紀事、見聞博廣，近年更在友人楊博名、蘇振輝先生慧識下，著作等身。感覺上，近多本玉峯兄的書顯然有了一些內涵、風格或書寫的轉變。他本就具信手摘來皆學問、世情練達成文章的本領，如今，無論何時何地、放眼所及，從家居動植生物、周圍生界百態，到他舉手投足經入眼腦海覺知，無論其連貫、組合與否，瞬間都運筆成文。勿論讀者消化程度，面對他的跳躍或起承轉合，也許剛接觸時會納悶，而遇到事件時——比如大項的事件如地震、政壇風暴——相信讀者回味則又會感到似曾相識！

看來，他一直努力想去「留下一切」值得留下的，想為這塊土地生界開一扇窗、做一道門，引進良善敦厚，阻絕邪惡習性！

本書看其章節，作者的任一篇名都有其自然神髓。

本來，人生閱歷與環境必將影響讀者從書中修持所得的有益養分；作者細談、泛談交

錯記述，多年來我讀其大作，總得聚精會神、細加體會才點滴在心頭；因他的描述的是動態性的生態、人文、社會觀察交互其中的。主題與內文，會彼此互通聲援。

本書隨筆涵蓋面向仍如前廣泛，從「眾生歲月」篇的〈雙頭鳳冠名黑板〉與〈惡地機之先〉文提到的木棉（高雄市花）與黑板樹（曾為台中縣樹），給了都市市民——如台中與高雄——很好的生態都市機會教育。〈風之太極林投樹〉與〈海風怎麼吹〉是很貼切、獨特有趣的海岸生態觀察。「神體之美」篇的〈雞蛋花落知多少〉、〈松果說法〉，到〈音聲大化自然〉（指《自然音聲》一書）成視障者點字書，都是一個話題、思考的回溯與喜悅。或許長篇大論，或許蜻蜓點水，有時甚至天馬行空，通篇書文倒有如生態傳教師與佈道者的敘述。內容當然也不止於生態。「永恆的驪歌」篇〈原鄉足跡〉簡述圖文與楊國禎教授的多年草根原鄉足跡，慨嘆「可惜絕大多數人，愈是研究愈是遠離生命的精義。自然的親近與學習，第一個效應：立即敞開心靈無邊際的大銀幕……」。這與美洲原住民教育孩子方式如一：把孩子帶到野外親近自然。而為文情深、哀悼老友彭鏡毅教授，則給了讀者幽思師者的風範：比藝術家更藝術，比宗教更虔誠，也給了我們亮眼師者的「典型在夙昔」！

我在一九九三年與作者從柴山結緣，到今天凡二十六年，除柴（壽）山議題外，均以文章互通聲息。而「神體之美」篇的〈鎮西堡剪影〉，則是本人與作者第一次的隨行初訪山林，這之前，他與兩位具人文藝術涵養、且事業有成關心社會的蘇振輝、楊博名先生等多位友人，已曾數次拜訪該地。在他之前的《自然音聲》一書業已使我們四人與依諾構成奇妙的因緣；此行更讓我貼身見識了鎮西堡與依諾本尊、蘇楊二友人的山林境遇。依諾說，當地已成北部人熱門觀光的風景地；言下並無喜悅的感覺，似乎語帶幽嘆。至盼爾後《自然音聲》內文一系列「依諾物語」的精緻訪談影音版，能給予台灣社會一嶄新的自然人文印象與教育。

常常，我們被世俗說法挑剔我們（關心生態人士）缺乏世界觀。可是，就自然觀點，「我們以為是走向世界，（結果）卻是遠離了世界」，作者已不厭其煩地告訴社會他所觀察的一切心得，用心即是如此。《雞屎藤》此書，再集作者特殊感官世界的教學、生態觀察、社會生活的熱情與迴思，予以適切的記載、評抒。時有佳思、佳句、佳文沉浮其間；隨意開閱、諒必有所獲焉！

翻書之餘，請讀者諸君別忘了：「雞屎藤炒雞蛋也是風味一絕……，會是一種一輩子

的『貧窮的幸福感』……」。（本書頁十三）

・本文作者黃文龍醫師，一九五二年生，嘉義人，出身醫學家庭而學醫。大學正逢威權解構年代。退伍後，時選冷門眼科，專業外頻頻參與社會活動；一九九三年因參與推動「柴山自然公園」，殷請陳玉峯教授首開規劃「柴山自然公園」，結緣至今。

輯一

眾生歲月

雞屎藤

一輩子忘不了的幸福，是土地生養的溫柔，
她無智地親吻我的眼睛，儘管終將凋零

▲屎藤有個醜醜臭臭的名，卻擁有尊貴美美的花團。（2018.10.4；成大台文系館後）

古早年代，如果小孩感冒、風寒等，母親會去路邊、林緣採摘雞屎藤的嫩葉、芽梢，剁碎後，以鴨蛋攪拌油煎。因為，只有鴨蛋的腥羶，壓得過「雞屎」藤，且相互提味，形成一道多功能的好菜。另一種自種的「風蔥」，炒雞蛋也是風味一絕。貧窮年代的我們，諸如吃雞屎藤炒鴨蛋，會是一種一輩子的「貧窮的幸福感」。想想現今的「富裕社會」，因「富有、充足、輕易地」濫用資源，卻失掉了珍惜、節儉、樸素、付出等等絕美的精神美感或代價，形成「富裕的貧窮」，也丟失了幸福的深度，真是無智、無知的惆悵，就連惆悵也失竊！

雞屎藤等蔓藤類是大地美麗、婉轉的彩妝，更是植物社會演替的裁縫師，彌補從灌叢或次生林，跨越到森林的機制。為什麼？

灌叢或次生林的物種是不耐陰或所謂的陽性植物，要進入原始森林的大多數耐陰物種的前提是，耐陰物種可以發芽、茁長且永續，如同原始森林林下的條件，但是，灌叢或次生林本身的條件不足，因為它們本來就不是原始林。這時，正是蔓藤大肆發展的階段，它們往往形成多層纏繞、遮蔽上空，以至於其下陰暗，得以長出的苗木，多是原始林耐陰的元素，從而開啟原始林物種發生的契機。

等到原始林物種茁壯，乃至成林的階段，第一階段的藤蔓式微，或功成身退，將角色扮演交付予第二階段的蔓藤，也就是森林期的蔓藤，例如血藤、黃藤、水藤、藤花椒等等。雞屎藤、小花蔓澤蘭等，是第一階段的陽性藤蔓，從草生地甚至裸地即已出現，也可歸為雜草類。這類雜草通常出現於干擾頻繁區，或與人類棲地為鄰，因而甚常見。

由於干擾頻繁且生生死死極為迅速，其基因池及外型的變異超大，對生葉的大小及形態不可捉摸，但它的香臭味恆存，我懷疑是跟傳粉等的特定昆蟲相關。

雞屎藤的花序團團密布，開花時或可編織一大攤高雅的花團。花雖不大，花冠筒外表皮灰白，筒內卻是高貴深蘊的紫茄紅，說不出的妍美，我該好好觀察，究竟是哪些昆蟲最懂得疼惜如此尊貴的小花？

對了，炒煎鴨蛋的雞屎藤得採嫩葉，一旦開花，纖維多已老化，且因花季是秋，葉片將逐次失水。花期尾端，葉片多見老萎。

◀雞屎藤錦繡般的花序團。
(2018.10.4)

◀雞屎藤的花期即將結束。
(2018.10.17)

◀雞屎藤初小果。
(2018.10.17)

雙頭鳳冠名「黑板」？

世人眼中的楞直黑板，戴著鐫刻天演的精緻桂冠，
那渺渺虛空中的一旅潛艇啊，游移的軌跡像銀河

▲木棉落花。（2018.4.5；東海）

二〇一八年五月中旬，大肚台地的空中，飛傳著木棉的種絮，配合著雨溼季，雪白絨毛團其實很快地化作「沾泥絮」，並不會干擾人們的呼吸道。只因官商「綠色商業」使壞，木棉長久以來屢遭「汙名化」，而被新的外來樹種取代。然而，屢除屢種，因為春天時分，滿樹紅花，美得過火，光是高速公路四月天的由南往北，一帶帶斷續燒放藍天紅焰的驚豔，安定、撫慰了數不清的旅人的，毫不自覺的煩憂或躁急。

木棉樹超過五百年來，始終是台灣大地臉龐的朱唇，也是西拉雅原民的歲時記事文化樹。它們的種絮更是潔白、輕盈，足以一枕初夏之夢。我曾經撿拾了幾袋，雖然沒有做成柔枕，只享受了撿拾之際的想像。

每年四月，木棉紅透半邊天之後，東海校園的地上，鋪滿碩大的落花。我經常看見

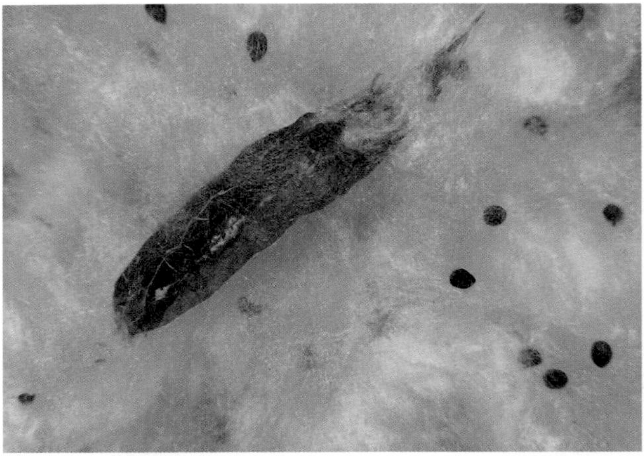

▲木棉棉絮與種子。（2018.5.18；台中）

遊客將落花排成心形，或譜出「Love」的字狀；假日的校園，木棉落花老是寫成許多人們，心底的渴望。

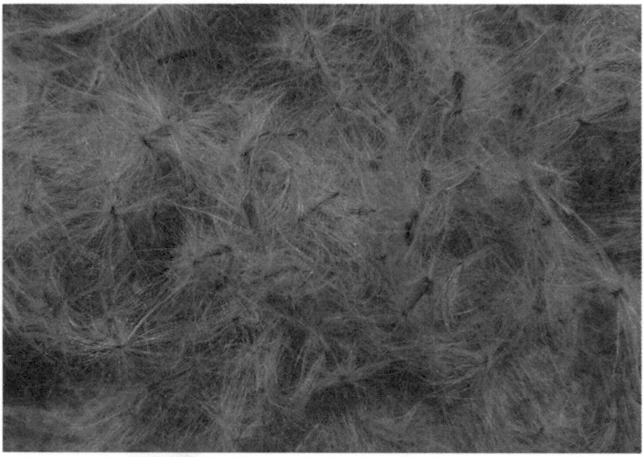

▲黑板樹雙頭綿毛的種子。（2018.5.18；台中）

而今年五月十三日，就在木棉飛絮紛紛的時分，我看見第一朵更輕盈的，小型、褐色的綿毛團，劃過頭頂天際。

五月十八日，東海校園房舍階梯的風止處，聚集一堆又一堆的褐衣舞孃，它們就是黑板樹種子空降之後，暫時集會討論下個旅程的種子族群。我抓取幾把拍照再釋出。

而黑板樹上，斷續飄落數不清的褐毛小球。它們隨緣上下、左右飄浮，無心地嬉戲、漫遊於虛空，任何生命何嘗不然。

檢視黑板樹的種子，扁平多縱溝，長度約在〇・五～〇・八公分（量了十顆），綿毛長約一・五～一・八公分，集生在種子的兩端，且逕自蓬鬆成球體。許多的種子略中凹而雙頭微揚。如此結構，讓我好奇天演的奧妙。

▲黑板樹有如細長菜豆條的蓇葖果，熟裂時將由上往下，逆時針扭轉。

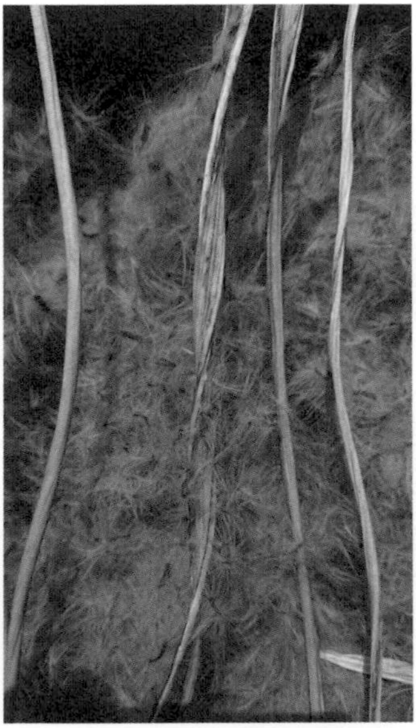

▲中間那條扭轉開裂的果實，釋放出綿毛種子。

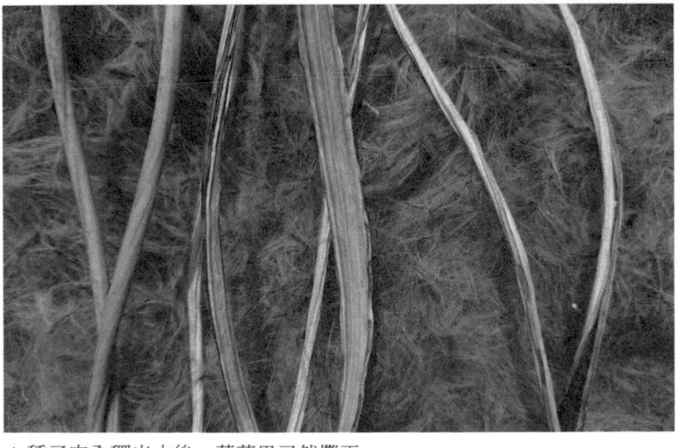

▲種子完全釋光之後，蓇葖果已然攤平。

太多菊科的種子都是長條種子依重力下墜，而頂端張撐傘狀或球形的綿毛，充當降落傘般的開傘，因而飛傳時，不斷地旋轉，童玩的竹蜻蜓原理；木棉的稍大種子，則披上一大團的綿絮球，靠藉著輕盈綿團內外因溫度不等（空氣密度不同），而可由風力推（吹）送，落地後還可繼續沿地面滾動。然而，黑板樹卻大異其趣，改由兩端團毛，充當飛翔的工具。

兩團毛的飛翔，就流體而言，可能產生互相抵銷的負面作用？此間如何平衡？也許因為兩端毛球互有重疊，而搭配成一體？這樣的「設計」有何優缺點，假設傳播更遙遠是它的目的？（一般而言，植物種子距離母株愈遙遠，萌發成功率愈高。）

人造物直升機頭尾都有螺旋槳，為的是消除「陀螺效應」。如果兩端一樣大的螺旋槳，是設計成旋轉方向互異，以便抵銷作用力、反作用力，而黑板樹兩端種毛並無旋轉，純粹依產生飄浮力而「設計」，那麼，它的奧妙在哪裡？

我端詳著逆光中閃閃發亮的褐綿毛，思索著萬象天演永無固定答案的生機。我明白演化從來不是導向完美，任何「成功的」設計，只因特定時空的環境而「成功」，而「成功」與「失敗」都是「目的論」下的迷思，上帝沒有這類「偏見」。

黑板樹瘦瘦長長的，像菜豆（更細窄）的蓇葖果也「很好玩」。它們通常兩三長條為一串，垂吊在樹上。成熟後，會縱向開裂成兩長瓣，有趣的是，可能因細胞壁兩側或纖維數量不一，開裂時從上往下，依反時針方向扭轉，也在扭轉中，將原本摺疊整齊的種子及毛絮翻出，乾燥或日照下，毛絮開張，鼓出球體狀，隨著風力及重力彈飛出來。

我凝視、欣賞著種種的巧與妙，心中了然而毫無對、錯，優、劣，成、敗，是、非，黑、白等等二元對立的偏見，也直映我自體更加微妙、奧妙的無窮天機。人類思考的範疇頻常是極其窄隘，有時候直覺才是思考及不思考的大成。情愛何嘗不然?!偏偏世俗、慣性的思維，緊緊掐死思維與感受，遏阻心靈無窮的向度！人文學科似乎常常不自覺地如此自囿。

而黑板樹中文名稱的由來，可以說是台灣貧窮時代的一時慣性。由於黑板樹如同熱帶許多樹木，生長迅速，木材纖維鬆弛（相對性）質輕，有段時程內，大量用來製造黑板，從而「得名」。人類就是這個樣，這面向可以談出一牛車，也可以是沒啥好談。

黑板樹直愣愣地，曾經是台灣政商聯手吹捧的「絕佳」造園、行道、造林樹種，近年來則在政商聯手、傳媒連體造謠、抹黑之下，被汙名化為花香異臭，有瓦斯味道、聞久頭暈，且樹汁有毒、鳥類不願築巢等等，欲加之罪、何患無辭的「指控」，只為了另波「商

▲盛花期的黑板樹洋溢著幽香。(2017.12.10；東海)

▲落花無意人多情。

機」！

一種樹木萬般情傷。木棉花、黑板樹等，預告著風鈴木、小葉欖仁未來的命運。花草樹木從來無言也無語。

惡地機之先

西南半壁的歲時吞吐，正是台灣生態研究歷來的缺口，
也是未來生界的前瞻

▲來自馬頭觀音的祝福。（黃惠敏提供）

說到黑板樹，事關台灣自然界的馬頭觀音區。

當黑板樹隨著環境變遷，開始在台灣馴化，其在泥岩惡地的馬頭山稜下，已然自生成喬木，回應了我對泥岩惡地，在台灣長程天演中，扮演演化基因調節庫，以及回收或吐納的中心。

二〇一七年一月十二日，我踏勘台南龍崎青灰岩惡地形時，強烈地感受到廣達二、三十萬公頃的泥岩地理區，在至少一百五十萬年來，歷經四大次冰河及間冰期，以及無數小冰期、小小冰期，或氣候上、下震盪，以及地球南北、東西植物或生物的遷徙與適應中，擔任了「集中訓練營」、「物種拓殖或適應性的前瞻中心」等，提供未來更嚴苛環境來臨時，種源的釋出與大地的救贖。

十一月五日至二〇一八年初，我在馬頭山勘調，明揭台灣西南半壁泥岩地理區的原始林相，即巨大的刺竹開放型竹林。它的特徵如下：

1. 泥岩是長期移動型的立地，刺竹發展出可以緩慢走動型的竹叢，演化出極端乾旱與潮溼季不同竹葉適應型，也形成林冠不會完全密閉的開放林型；刺竹叢之間的立地，正是極端環境因子的「演化訓練中心」，提供台灣在氣候變遷中，物種的吞吐區。

▲黑板樹的容顏。

2. 泥岩地理區在特定季節時，立地基質（土壤）甚至比海岸更加乾旱，是極端的生理旱地環境，擔任天擇的機制。生物在此等環境壓力經營下，族群基因池必然隨著時間及世代，發生劇烈的變化，也加速演化的速率，形成變異及新物種，同時，可以成為外來種適應台灣或馴化的前置中心，也可以是珍稀物種的避難地（例如梅花鹿等）。

3. 泥岩地理區具足台灣低地最劇烈環境因子的極端震盪地，在全球氣候變遷的未來，正是生界救贖的前瞻先機，而刺竹林權充物種演化最重要的生物性生態區位（niche），特別是竹叢之間的立地或林緣。

二〇一七年十一月二十六日我首次登上馬頭山調查，發現大砂岩塊存有海岸衝風地的有刺灌叢，以及稜線下方刺竹叢間，自然生長而出的黑板樹，已然預告黑板樹很有可能成為二十一世紀台灣低地的先鋒次生樹種；二十一下半世紀，台灣低地的天然地景，也將改觀。

碎米莎草——愚蠢之美

一朵朵的綠煙花，迸發出古老的記憶與伸手可觸的未來，
訴說著美的衷情

▲碎米莎草是雨後猛爆萌長，可以在大約半至一個月內完成生活史的雜草，屬於溼地至中生型的游牧民族。

二〇一八年二月以降，各種植物花開得很凶。五、六月間狀似空梅，各種樹木也猛爆開花。接著六月底、七月初，中南部落雨不停。

二〜六月，我一直感受「花盛年凶」，讓我想起二〇〇四年。

各種生物逕自以其演化的奧祕，解讀天候的變遷。

「花盛年凶」是古老的經驗法則，簡單的說，許多植物似乎具有奇特的預測能力，當他們感受到即將來到的「死亡」壓力時，會在事前或事後，將大量或較大比例的能量，用在開花結實，好把生命轉進，潛伏或休眠於種實之中，以便在合宜的環境下，有機會萌長，承繼發展。

二〇〇四年五月，中南部地區苦旱不雨之後，終於久逢甘霖。該年，我正在調查大甲地區。

雨後，各種「雜草」猛爆抽長。

其中，碎米莎草（*Cyperus iria*）從無到有，極其迅速地生長、開花與結實，短短一週內，蔚為田間溼地的草本社會，也形成荒地甚為優美的地景，充分展現所謂農田雜草的生態特徵。

▲插在水瓶中的碎米莎草，伴我爬疏雜亂的秩序、秩序的雜亂美。（2018.7.6）

人類自從發展出定耕農業之後，不知不覺中改變了雜草的演化。

由於農業生產地上，容不得雜草長時程生長，雜草群芳必須在短短數天內或休耕時期，完成生活史，於是，因應特定月份、晴雨變化、不同季節等，各類物種族群猛爆繁衍，也快速消失。

今年，夏至前後，也是久旱後霪雨。

七月五日，我在東海校園花塢中，瞧見一片碎米莎草。它們柔弱的三角草莖，伸長了七、八十公分，且爆射出碎米狀的花果穗；總花果穗頭的基部，通常伸長出長長的三片葉，總花序頭自己冒出一坨花序叢之外，又會伸出五、六支長長的分支，分支末梢再長出一坨花果序，反正就像放煙火，槓上開花又加上好幾檯！這些，只靠又長又柔弱的花序莖，三角形的結構在支撐，因而雨水稍重些，叭地，花莖穗就倒伏或中折。我實在想不出為何會有如此「愚蠢」的演化設計，其中，一個可能是我愚蠢，還悟不出它的道理。

我採摘了倒伏的十餘支花莖，插在水瓶中，構成綠翠線條的交錯，彷彿柔軟的木刻立體板畫，也撐出雜亂的秩序、秩序的雜亂，真是「雜」草。而它的造形之美極為奇特，屬於那類美到人眼會漠視的境界。

它很容易辨識，纖細長花莖上，爆射多方綠煙火。煙火上，鑲綴著碎小的黃綠米花。

大黍與牛

在一片大黍波浪裡，有一種無害的拗蠻，代言了連綿的思量，
而這樣的一股猛勁，總隱遁在台灣的常民風景

▲大黍。（2018.7.19）

我跑步回程，大黍花序熱力爆射。

抽拔了二、三十稈，有二、三稈還連著走莖及鬚根。

我以乾掉的禾葉，上下綑成一束，準備插在案前的花瓶。

出了校園，一位牧場的歐巴桑從後方冒出，追問著我：

「採那個幹嘛？養兔子嗎？」

我笑答：「插花！」

她一臉狐疑：「插花？到處都是，怎麼砍都砍不完，足齷齪吔！啊，你住下面大樓的吼？」

「我住這附近啊！」

「附近的大樓吧?!」她始終咬著：「大樓」。

「我以前住裡面的。」，我指著大黍氾濫的校園。

「……我都砍來養牛的，砍不完呢！你是住大樓的。」她堅持。

我繼續走著。

歐巴桑騎著摩托車從我身旁滑過，還不放棄地飆了一句：「住大樓的！」

這是另類的「鄉土文學」，她的「大樓」象徵著脫離或隔離土地的「都市佬」，才可能把牛吃的，拔不完的、惱人的雜草當寶；她有點兒不屑，有絲憐憫我；我愉悅地接納她並不傷人的揶揄。

她道出了台灣都會人的些微現象：隔絕自然土地，不識五穀，也間接點出環教的盲點，同時，將台灣草根的蠻牛勁一股腦兒地傾倒。

沒錯，台灣人是禪的隱性信眾。

菩提達摩將「入道」分為兩大類，一種像是讀書人等，憑藉著經典、知識或靜慮思惟，想要悟道，也就是抽象思辨的切入，是謂「理入」；另一種人叫做「行入」，從日常生活或一切行為進入。前者偏向哲學或知識理論；後者偏向實證或身體力行，很少受到學問習氣的汙染。前者遇見真考驗時，常陷入猶豫、遲疑不決，或自構陷阱、自我綁架；後者很容易剛愎武斷，蠻牛一條。最好是兩類合一而無類別。

達摩說「修道法」：「依文字中得解者氣力弱；從事上得解者氣力壯。從事中見法者即處處不失念；從文字中解者逢事即眼闇……雖口談事、耳聞事，不如身心自經事……。」

唉！世間有幾人可以「即事不牽」，而成為「大力菩薩」呢?!

光是在知識理論的解會，是無助於人生入道的，因為面對生命的考驗時，只會眼花手亂，而必須將知識理論等，藉由生活行為來體悟，真正同自心連結才管用。另一方面，光是在生活行為的解會、領悟也是不夠的，因為欠缺深層智慧的提示與啟發，只會日用而不自知，頻常陷入武斷的台灣牛一條。

知性與感性的偏執也一樣。

一把大黍，引出二條台灣牛！

愛哭樹，名淋漓！

你的淚沾溼了我的心房，我的書拓印了你的流浪；
途中抖落了家，舞出普世的悲涼

就是忍不住多看它幾眼，然後，它就在眼球裡面看著我。

它的名字似乎銘記著一段悲慘，名喚「淋漓」，也許不是，也許是，我一想，內心就溼透。

一幅想像，被砍伐掉的一片原始林木，樵夫發現有種樹特別愛哭，枝幹從傷口泣血，潸潸出液，因而東西方的植物學家不約而同，無論拉丁文「Limlia」或「淋漓」，都盡致表露這種樹木的特徵。

它的種小名是「烏來」，或說「模式」或引證標本來自烏來。我第一次採鑑它，也是在烏來。

試想體液、淚腺要多到溢出，乾旱地無從滿足這等奢侈，於是淋漓在台灣流浪萬年，安身立命於重溼地區。它們也來到日月潭畔，圈地圍湖。

二〇一八年八月十六日早上，我在日月潭畔所謂的「蔣公涼亭」處，邂逅涼亭兩側的淋漓樹。

它們肌腱上的皺紋，一撇、一勾、一條、一裂、一顫、一綳、一縮，編織成長的苦澀與歲月的滄桑，有的時候，成片斷裂，如同自殘後的哀歌。

我等候間歇朦朧的陽光出露，拍下它奕奕煥發的容顏。它的葉片皮革狀，鑲鍍上釉般的蠟質，不時在每個角度隱約閃光，葉背則銀褐妍美。讓我愛不釋手的是，它的流線，略呈波浪地抖向尾尖，有時，還在尾端，褶皺出幾道鋸齒。我採下一小枝條，輕壓在書本。

讀過書的葉片，也懂得寫字，我卻看不懂。

據說千萬或數百萬年來，殼斗科的老祖宗演化出許多大家族（屬），用以適應轉換為溫暖潮溼的環境。我推估台灣闊葉林現今分布在六百至兩千餘公尺的主林木，來台的最古老年代，或在一百二十～二百萬年前以降。

然而，淋漓的前身有可能是在沃姆（大理）冰河期（十一～一萬年前）才來到台灣，它算是晚近才在台灣特化出來的特有種。也因為它的演化屬於最先端，它的殼斗特徵讓植物分類學家困擾了跨世紀，不知道放在哪個家族較合宜。

我始終喜歡它只屬於新生家族，也就是一屬一種的淋漓。

註：殼斗科樹種演化成新種的時程，平均大約費時三十萬年。

▲乾後的淋漓小枝條。

龍之眼

一塊天空版圖，也是眾多綠色兵團的鬥爭實錄；
龍眼崛起於末代，滴血未流

◀巨大果實的龍眼品系，果徑達4公分、種子徑達1.5公分。（2018.9.3；高雄）

記憶中台灣人鬼月拜鬼神的祭品中，總是會有大串、大捆當令的龍眼。沒人考據過鬼神吃太多龍眼上不上火？一般人是不敢多吃。

龍眼產季不長，白露北風吹起之前早就不見蹤跡，盛產期一成熟如同放鞭炮，一陣就過，逼得古人只好發展出龍眼干的製作，用火焙乾，否則，又不能鹽漬或糖醃，味道不對味嘛。然而，如今也有秋冬的「十月龍眼」上市（楊國禎教授指出：在氣候變遷、人擇與嫁接技術的運作下，繼四季芒果之後，據悉，市面上已出現全年都能開花結果的「四季龍眼」種苗，也許四季荔枝的問世也不遠了）。

二〇一八年八月八日，我從嘉義帶回一大袋剛採摘下來的龍眼，冷藏冰箱足足吃了一個月。

小時候吃完龍眼，我們常會保留種子當童玩，如同彈珠「魚目混珠」；老了，一樣收集種子，只因為每粒種子都是隱藏的一株大樹，以及數不清的花果。

原本我推測，如同我冷藏慢吃的臭屁梭（大葉山欖），因為是熱帶樹種，放冰箱一段時程後，種子不是休眠就是凍死了，十五個臭屁梭種子任憑我做「CPR」（泡水四、五天），只發芽了二株，而一堆龍眼子不知是否一樣的命運？

結果不然，或是因為種子量多，我隨意置放在小花盆的一堆龍眼子競相發芽成苗，長成這副模樣：

▲冷藏後的龍眼種子萌發成種苗景。（2018.9.22；台中）

而且，因為置放在室內，陽光不足，成長緩慢，展現且對應龍眼在台灣的生態特性。

龍眼根本不是典型的熱帶樹種，更非溫帶植物；龍眼是陽性物種，也很耐陰！

華人引進龍眼在台灣栽植將近四百年，據說最老的單株也可活上四百年，然而，一般我看跟人壽差不多。

龍眼林在台灣栽植了三、四百年的期間，正是台灣原始林大滅絕的進程。龍眼馴化或天然更新的策略，相近於司馬懿之幹掉曹魏，最大特色，陰也，而不是說龍眼有「鷹眼狼顧」之相。

台灣的原始森林摧毀後，一段長時程內，林地上一定存有諸多原本原始林組成物種的種源族群，不斷地長出苗木，或成樹再受毀。愈到後來，得以留存的，以次生物種為大宗，以及少數特別頑強的原始林物種，例如多倍體的大葉楠，質性介於次生及原始林之間的香楠等等，絕大部分原始森林的種源每況愈下，終至絕滅，這就是現今乃至將來台灣保育、復育的根本困境，偏偏台灣的專家「都不懂」或「假裝不懂」，現行的保育幾乎也無人有此認知！

龍眼在台灣低地尚可長出原始物種的年代，森林下是罕見長出苗木的，推測是太多可耐陰苗木競爭之下，龍眼隱忍了下來，不敢「出頭」（司馬懿策略？），等到原始物種種源衰竭，推估大約到了一九五〇年代以降，龍眼苗木出現，且可在地更新，甚至入侵別的次生林下。

千禧年之後，我在南部的調查中發現龍眼苗木、小樹的天然更新「審慎而強勢」，已然是「狼顧之相」，但它們一樣不張揚。龍眼的苗木幾乎如同熱帶林木的特徵，可以在上層樹木的覆蓋之下，「忍辱負重」而成長極其緩慢；一旦大樹倒死，林冠破空，則熱帶苗木、小樹爆發搶空大戰，個個急速抽長，力拚成為林冠。拚不上青天者，「一生的耐陰」盡付流水而凋零、死亡、退場。

龍眼不然。林冠破空後，龍眼苗木、小樹還是優雅有秩、含蓄成長。當然，我沒有進行實證數據的長年測量，只是如同老圃的經驗，直觀如是說。

如今全台低地，龍眼殆可算是次生樹木，但它一樣「謙虛」。嗯！它大概是最溫和的「統派」，一點也不像極度囂張的「大統派」陰香！說來可悲，陰香還是官方、民間聯手自中國引進的第五縱隊，如今形成台灣森林的恐怖夢魘。

唉！龍眼算是陰中君子乎?!

其實，龍眼在台灣早已被「改造」為「台派」，一些品系的果實也大得不像話，幸好甜度尚不過分。龍眼花也是優良龍眼花蜜的源頭。

◀龍眼花。（2018.4.5；台中）

▲龍眼結果。（2018.7.28；一高仁德休息站）

好大的血桐葉

與其用漏斗似的概念，盛接上帝的布局，
還不如讓心隨著葉脈舒張

▲好大的血桐葉。

際夜外出覓食的回程中，看見社區變電筒旁一株血桐小樹，它在主幹上的葉片超大。我採了一片丈量。

葉柄長四十・三公分；盾狀圓葉連尾尖的縱長四十一公分（從尾尖到葉片銜接葉柄的葉蒂中點是三十一公分，葉蒂至葉片下半端是十公分），垂直縱長的最寬葉寬是三十六・八公分。扣除尾尖不計，長約三十八公分、寬約三十六・八公分，故而形態上說血桐葉是圓形的，可以接受。

支撐圓形葉片的葉蒂點，是在縱軸的四分之一（或三）處，而不是圓心。這樣的幾何配置，重點可能在於讓葉片配合葉柄跟直立樹幹的傾斜角而來？好讓葉片可以層層平行傾斜，較均勻地接受陽光？

生物幾何或排列的數列，一直是自然界有趣的數學，我在大學時代一度徘徊在走廣或走專？生理（個

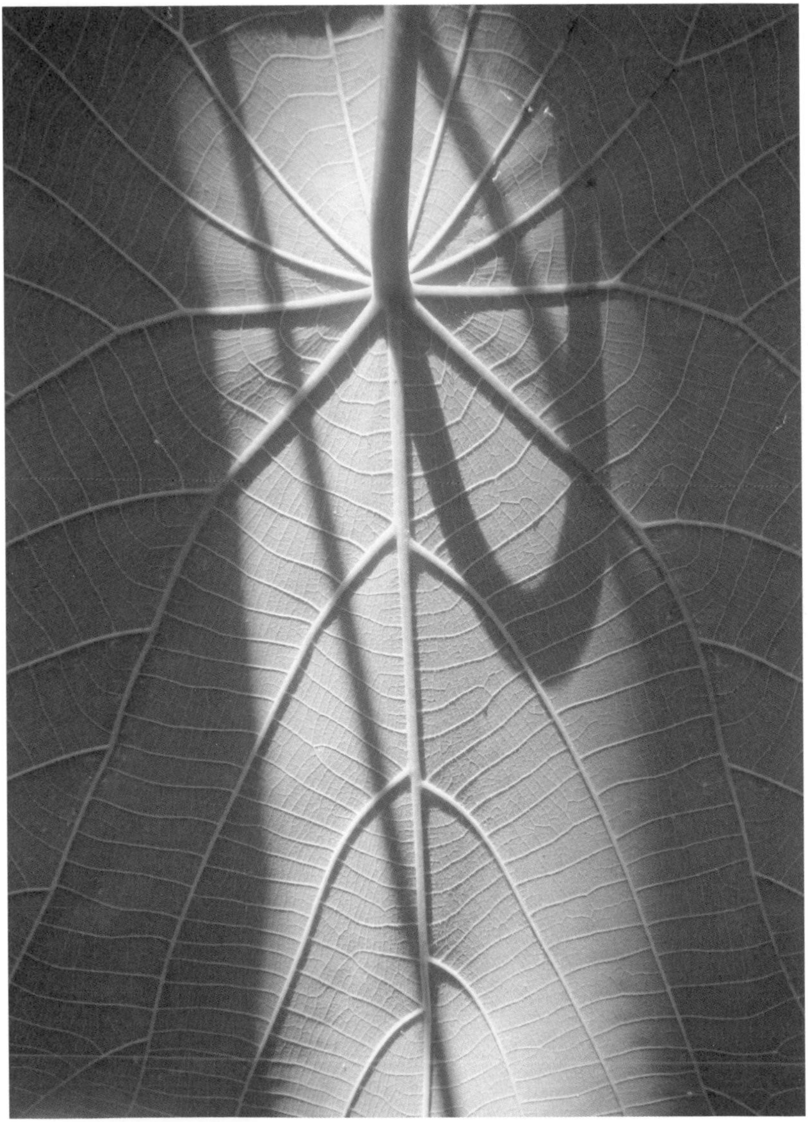

體）生態或植群（社會）生態？理想當然是兼顧，只是人生可以跑野外的歲月能有多少？我不想見樹不見林，也配合時代保育的需要，我選擇了視野的開闊。

葉片大小常與陽光或光亮強度相關，但許多物種在苗木時期葉片平均而言是偏大。我可以列舉種種可能性，分門別類去解析，問題是這類探討的意義不大，充其量是特定範疇、有限變數的相關係數大小而已，無窮的變數促使探索只能找向限制因子的概念去發展。

後來我瞭解「彎彎曲曲的樹把它當作彎彎曲曲看」，也是另一類把彎曲樹看成直的看法。儘管我一樣理性解析，也懂得微積分原理，卻不至於被數理囿限。

如果這麼一大片血桐葉片不會讓我叫出：好大！毋寧才是悲哀！事實上，旁側還有一片更大，我沒採「最大的」。

血桐是全國性低海拔常見的次生樹種，時而群聚成為小林分。它的美在於近觀，特別是逆著陽光，怎麼看怎麼舒服，每片盾形葉都隱遁著小精靈。它的樹汁液若與大氣接觸，不久即氧化轉雞血紅，隨便你聯想。

拾穗麻雀與八哥

沖淡遺憾後，生命的甘醇漸勻開，
人類與生界的關係也不再是入骨的恩仇，
而是沁入心脾的溫柔

▲餵食幼鳥的甜蜜鳥麻雀（黃吾提供）。（註 1）

際夜，我從東海運動回來，西天尚存一抹殘紅，華燈、街燈早已排排開放。要出側門時，一隻天牛或是金龜子撞上我的白衣胸前，也瞬間飛離。我是由牠飛行的聲波判斷可能是金龜或天牛。

想起在原始森林行走、調查的經驗，會被動物、昆蟲擦身、碰撞的頻度，似乎比在都市中少。推測人造環境五顏六色的光源，奇奇怪怪的反光物體，導致夜行性生物官能錯亂、行為乖違？

然而，就長期而言，人為環境變成天擇的機制？地球上沒有孤單的物種，任何生物都與龐多其他生物存在數不清的立體複雜網狀的動態關係。迄今，所有生態相關研究的成果，通通是片面或破碎的知識或資訊。

人類與麻雀的關係，我界定為「共生」，此一關係的開端，可能肇自人類由游牧走向定耕文化的時期，至少是好幾萬年的歷程，且在農業文化的時代，麻雀發展出無法脫離人種而生存；到了都會化、工業化的環境，麻雀族群當然銳減，而歷來也造成人們誤以為麻雀只佔人類便宜的錯誤印象，最有名的案例，就是毛澤東的打雀謬誤，無庸我贅言。

依我解讀，痲雀與人的關係，聖經都有訓示（雖然沒有出現痲雀的字眼）：

當你們收割田地的莊稼時，你不可割到地邊；收穫後剩下的穗子，不可收拾；葡萄摘後，不可去搜；葡萄園內掉下的，不應拾取，應留給窮人和外邦人。

——肋十九：九

當你在田間收割莊稼時，如在田中忘下了一捆，不要再回去拾取，要留給外方人、孤兒和寡婦，好叫上主，你的天主在你做的一切事上祝福你。

——申二十四：十九

事實上，不只是「賢德的婦人」（盧三：十三）盧德會「拾穗」，龐多食物鏈的各層級眾生會拾穗，痲雀當然是其中的佼佼者，牠們是農業生態系很重要的一環節，物物互相依存啊！

數十年來外來鳥類入侵種中，最讓我嘖嘖稱奇的，是白尾八哥。

最早讓我驚訝的是，各級公路上啄食的八哥，數量不少。起初我假設：牠明明在公路上啄食，所以牠一定有吃進去東西。吃什麼呢？最可能的有兩大類：其一，細小的石子或石碎，因為鳥類有嗉囊，吃些細石助消化；其二，公路上有許多禾本科、莎草科隨風吹來的穎果或其他食物，只是車上的人眼看不出來。這兩者，都跟車輪輾壓有關。

▲強佔小雨燕聚落的強盜白尾八哥。（黃吾提供）

▲八哥高踞電線杆。（黃吾提供）（註2）

我還沒想出如何安全、穩當地進行公路研究法，也不能打下八哥，馬上開膛檢驗食道。

接著，很誇張的是八哥在十字路口，燈號誌的鋼管口內築巢，或在路燈的孔洞隨遇而安。東海大學正門

▲高鐵烏日站，白尾八哥的「豪宅」。（2018.5.13）

口的號誌管內，我看過多次八哥進出，也撿拾過掉下來的鳥巢，赫然發現，鳥巢的材料，枯草、樹枝不消說，許多塑膠碎片、塑膠繩、紙尿布屑，甚至還有一根髮夾，真時髦！

許多人為牠們解釋，號誌洞沒有來自地面的天敵。奇怪的是，烈日鋼管內溫度不會超過五十度C？還是鋼管會形成「煙囪效應」，從地下可將冷空氣上送，形成自動降溫系統，而八哥會挑選有「冷氣設備」的鋼管才入住？否則別說不用孵蛋，蛋白早就熟透?!

我在高鐵烏日站，屋頂下的鋼隙也看過八哥巢，顯然地，那算「帝寶級豪宅」。

長久以來，我不再「怨尤」人們不解自然；一生在自然中的法喜從無人「分享」的「溫柔的遺憾」，也全然消失。何況，都會裡充滿生態的變態、天演的人擇。

一高新營休息站的廁所內，屋頂鋼管架間，似乎一年到頭都是麻雀的天堂。牠們高亢叫跳，允稱大、小解時，超級美妙的樂音，堪稱一高「勝景」之一，真的不騙你，值得一遊！

又，給作曲家一個小建議：請你仔細觀察群體及個別麻雀的跳躍與飛翔：

——蹬、蹬——蹬、蹬、蹬——蹬、蹬——飛——蹬、蹬

——蹬、蹬、蹬、蹬——蹬、蹬——蹬、蹬、蹬——飛——蹬、蹬、蹬

……（註：一跳即一蹬）

一群麻雀嬉戲、啄食時，記錄下牠們的跳躍與飛翔的節奏，足以譜寫一首可愛的〈麻雀之歌〉。

註1：我請助理po出徵求麻雀跟八哥的照片後，黃吾先生傳來三張麻雀餵食幼鳥的照片，狀極可愛。黃先生還註明「甜蜜的鳥」，但因隔著玻璃拍攝，畫質不盡人意。他也傳給我八張外來入侵種白尾八哥，強佔、入侵小雨燕鳥巢的證據；他敘述這個很大的雨燕

聚落還有雨燕棲住，但推測很快地，小雨燕將被全數驅離辛苦營造的家園！他還講了一些本土八哥幾乎被外來八哥全面消滅的悲慘故事，內心也掙扎在「該不該」移除白尾八哥？

註2：黃吾先生另傳來八哥照片，並加以說明「注意牠們幾年了，牠們警戒心很高，從沒看過屁股對著窗戶這邊。這是從二樓窗戶縫隙中拍到的，所以這個角度拍不到尾巴；另一邊就無法拍，因為太低。在這電線杆洞裡孵蛋好幾次了，但我無法確定是否為同一對鳥」；隨後，又加註「不知道是否跟有幾次想打下牠們有關，現在是只要開窗戶就會飛了，可是雛鳥還在那，所以牠一下子又回來了。但還不是真的想打下牠們，要是真的想，牠們不會好好地還在那裡。」

黃吾先生感嘆道：「我對於這外來種八哥有些敵意，但這是商人和消費者造成的問題，我目前還不知道，是否因為外來種八哥數量一直變多，才讓麻雀及台灣八哥一直減少；但是，目前台灣本土八哥數量已經很少了，我這幾年也只看到一次，『麻雀群飛』也變成『外來種八哥群飛』，這幾年從台中、彰化、南投、雲林及嘉義都看到這狀況，所以一直在猶豫是否要移除這些外來種八哥，但目前還沒真的做。外來種蜥蜴和福壽螺，農委會是有在處理的，其他的就很少，就連目前肆虐的荔枝椿象，公家單位的作為好像也還不夠力。」

風之太極林投樹

在瞭解風的所有祕密之後，當縱身躍入它的懷抱，
再強大的力量也化為虛無

▲風吹沙的林投迎風灌叢。

民間悲慘故事，可憐的「林投姐」，就是上吊在海岸林投樹上的。迄今為止，沒有人知道狀似柔韌的林投莖幹，可以同時上吊多少個人而不會折斷，歷來也沒人做過林投抗壓幾公斤（我實在很想試驗），我只知道我調查植被四十二年，從沒看過真正被颱風、暴風吹斷的林投幹，只有先枯蝕的，才斷折。

▲恆春半島東海岸海拔超過百公尺的林投「風成社會」。（1984.9.6；鹿寮溪口）

這麼說來，林投是海岸抗風第一勇士囉？

第一勇士的讚譽是毫無疑問的，然而，林投並沒有抗風或防風，它只是順風、化風，它是風之太極！它渾身是化解風壓的頂級神作。它們在恆春半島東半壁的山坡上，其他樹木難以形成群落之處，形成大面積的灌叢島，我特地創造了一個生態特徵名詞：「風成社會」賦予之。

林投的「太極功夫」至少是由幾項構造設計來擔綱，例如：林投葉片由下往上螺旋生長，迎面撲過來的強風、暴風，如同倒水到水槽，必然形成漩渦下注，水愈強大，漩渦速率愈快，部分能量損耗在漩渦與水槽的接觸面；長條形的林投葉片之所以很難被風力折斷，很大的原因是葉片兩側等，生有特定長度的針刺，形成導流片，讓直線氣流形成大小不同的龐多漩渦、亂流，而相互碰撞、交互抵銷；更有趣的，林投叢內的大空間，具有「酒瓶腹效應」，風力難以直接灌入，為什麼？

二〇一四年十一月，我到綠島去放煙霧看氣流，也觀察林投的太極功。

茲將這次煙霧觀察，化約如下結果：

1.面海第一道直接化解東北季風、海

▲在微升地形且有林投灌叢者，沿地形前推的煙霧被林投化解部分壓力後，沿林投切面上揚。（2014.11.9）

風，且佔據最廣闊有效截阻面的物種，首推林投，而林投之前，大抵主要影響的限制因子是含鹽度，對風力的承受通常僅限於風切面之下，只有林投可承擔且化解最大風壓。

2.由於綠島的林投頻常是自前方貼地的半灌木、匍伏蔓藤突然兀立而出，因而直接或側面承受風壓，而且，因地面坡度導致氣流的空間壓縮，除了地表摩擦減少的風壓之外，其他直接撲打在林投身上。

▲林投的支柱根系。

3.林投天生強韌的枝幹之外，另有叢出的不定支柱根，其有固著效應之外，還可發揮來回擺動的軟性分解力道的作用。不止於此，林投的莖葉以特定順時針方向，由下向上螺旋排列，恰好可以化解由下往上的風壓，更加奇妙的是，林投長長又軟硬適中的葉片，沿著兩側葉緣長出兩排中等長度的針刺，正可將氣流轉化為無數的小漩渦或各種複雜交纏、抵銷的大小亂流。全台原生植物四千餘種，關於抗風、化解風壓的能力，筆者推崇林投為第一。

4. 林投長成小喬木或灌叢後，仍不斷擴展地盤，且因其叢生螺旋葉往往密披林冠，遮阻陽光，導致林冠下少有其他植物得以生長，只以中等密度的莖幹及其支柱根交錯縱橫，加以林投之後帶，往往有海岸林或海崖，以致林投灌叢林冠下形成一大空間，狀似酒瓶腹。吾人在酒瓶口置一輕物，想要以吹氣方式，將輕物吹進瓶中，幾乎是不可能之事，因為氣體一灌入瓶中，必有同等氣體被壓擠出來，將輕物往外推送。同理，海風、東北季風流向林投灌叢之際，林投叢「腹中」的空氣將之彈送外推。

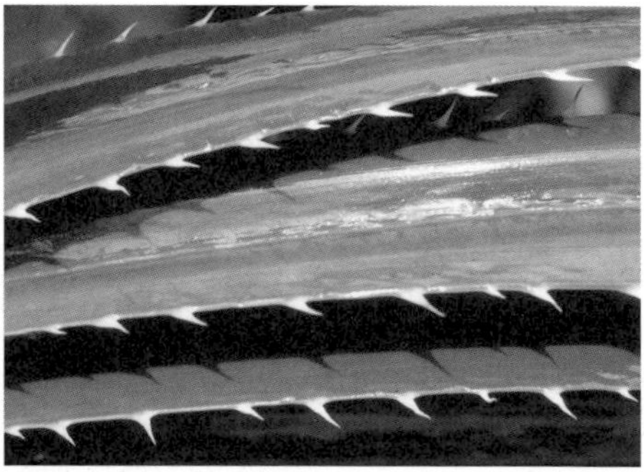

▲林投長葉邊緣的針刺。

5. 林投灌叢林冠下的空間並非酒瓶腹，但的確有雷同的效應。煙霧吹向面海第一道林投牆之後，下部煙霧往上斜升，中段亦然，上部氣流（煙霧）持續前進，煙霧經由林投葉的化解，大抵在林冠前緣打轉再後送。因此，推估林投外圍截留最大量的鹽分，且化解大部分風衝力道。

▲林投灌叢或小喬木內部具有「腹中」效應。（2014.9.3）

6.由於由海上吹送陸域的東北季風等，沿地表坡度被迫上移，及至林投前緣，再被逼上揚，因此，林投下部葉片承受的風壓及鹽分可能量多，加上下部葉的年齡較大，故常見林投的枯葉由下部先出現。

7.此次綠島調查及煙霧試驗之後，筆者確定林投之前欠缺灌木（如草海桐等）緩衝，直接以林投小喬木面海的現象，一部分成因或在東北季風的側吹（而非由海向陸的垂直方向），一部分原因或在草海桐以立地基質的限制，其在綠島的分佈並不均勻。此面向尚待進一步調查分析。

海風怎麼吹？

因為知道自己不知道，而笨笨地端詳上帝的傑作，
直到忘我

我從小「笨」到老，所以找答案只能「笨笨地」找。

我想瞭解原始森林植物如何分布，所以找了全國最複雜的山系之一，從南仁山頂每隔一公尺牽一條繩子，由山頂下殺溪谷。座標定位後，將所有植物的相對位置，全盤登錄上調查簿，創下有史迄今，最詳實的永久樣區，也奠定我一生山林調查或生態認知扎實的基礎，這是一九八〇年，年輕力壯的時代。

一九八四年我調查墾丁國家公園海岸植被，一樣以最笨的方式調查，作出香蕉灣棋盤腳、蓮葉桐海岸林的剖面圖。台灣詳實、漂亮的植物社會剖面圖，大概是我從一九七〇年代末葉開始的，後來，許多報告也跟著模仿，但我懷疑許多圖作，是否是踏實、實地調查所得，因為所下的苦工，必須「夠笨」才做得出來的。

我將台灣從海平面到陸域，最典型的植物剖面作出來，

▲那些我在綠島的日子。（2014.9.5；牛頭山）

也畫出理想化的，海岸限制因子（最關鍵的環境因子）之與地形分布的關係，從而下定義何謂外灘、前灘、後灘、海岸線、前岸與後岸，一一對應淺海植物帶、無維管束植物帶（紅樹林）、草本及亞灌木帶、過渡帶及海岸林、海岸線、海岸灌叢（前岸植被帶），以及後岸植被帶，各有典型的植物群或指標物種。

而從海向陸，植物由匍匐或低矮物種，體型漸次拔高，可作出一條平滑的曲線，這條

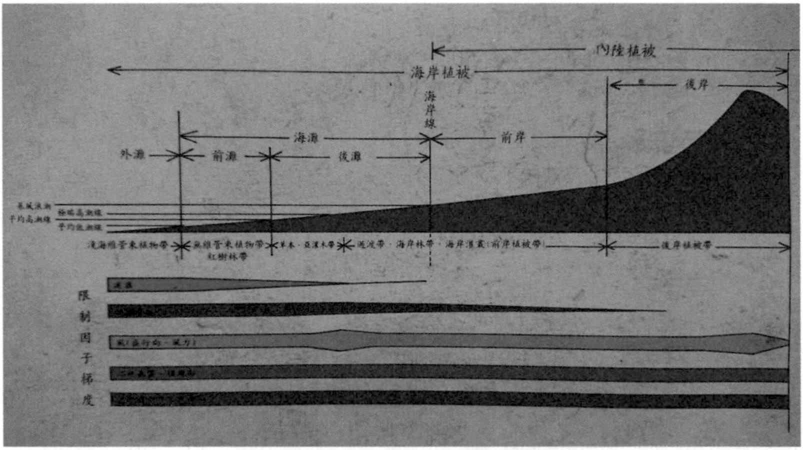

▲海岸的定義及限制因子。

曲線我認為是海風所形成，因而名之為「風切面」，超過「風切面」或說「強出頭」的樹枝、樹冠或人造物，很快地或註定地要消失或毀壞。

我就是想要知道全台灣二百五十萬年來，上帝如何布局生界的所有奧祕，當然我明白我輪迴了幾世也難望其項背，但是研究就是夠迷人，研究的目的就是研究本身，很少有其他枝節或所謂的附加價值。

年歲夠大或夠老了，我還是笨笨地做。

二〇一四年九月一～五日，我拉著楊國禎教授前往綠島調查。從一九八〇年迄今，只要有野調，我經常找他同往，因為他對野外夠狂熱，認知也夠深，拚起勁來也夠「牛」。

有天中午，在銳利的珊瑚礁岩、各種崎嶇地形之間上上下下調查，而豔陽酷熱，煎得頭昏腦脹；我發現楊教授好像體能不濟、精神闌珊，可是我迷信他的「牛勁」，而自己一心專注在一個一個樣區的完成，以及諸多現象的錄音或筆記，沒有堅持地堅持做下去，直到他喊「罷工」，這是三、四十年來，他第一次「怠工」。

我們去找家冷飲，直直灌了二瓶水後，繼續「施工」。我還「嘲笑」他：

「哈！還敢罵學生偷懶、不用功！」

自此成為我們之間的

▲楊國禎教授與可能是全國最高的水芫花（3.5 公尺）合影。（2014.9.3）

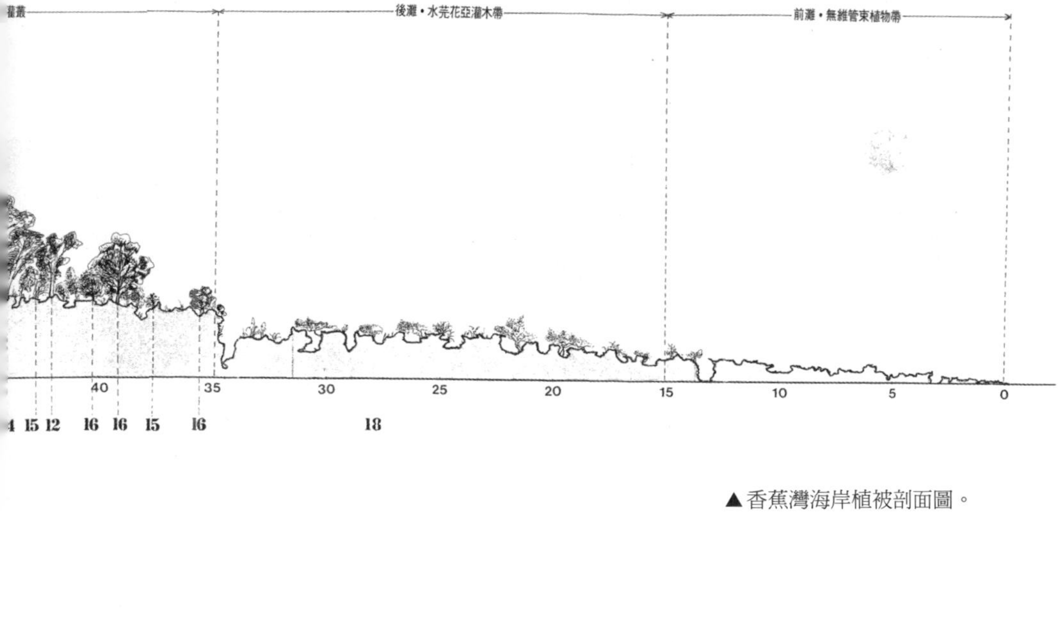
藿叢
後灘・水芫花亞灌木帶
前灘・無維管束植物帶
40
35
30
25
20
15
10
5
0
4 15 12 16 16 15 16
18

▲香蕉灣海岸植被剖面圖。

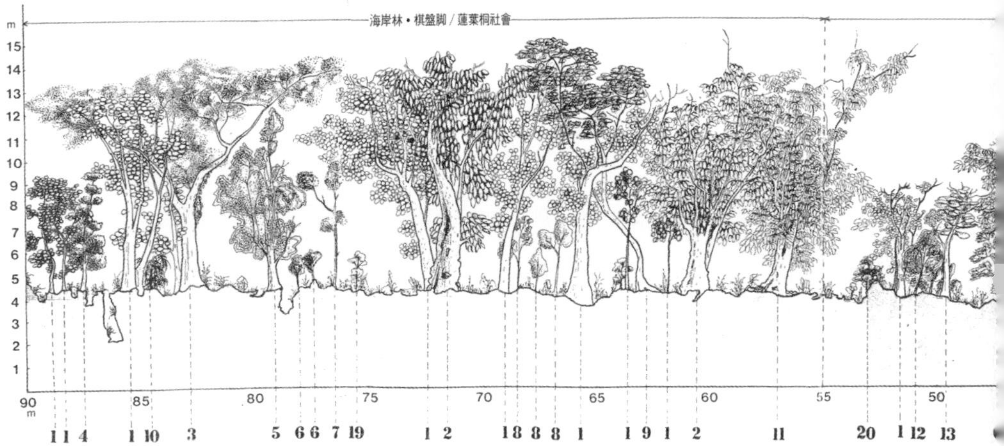
海岸林・棋盤腳／蓮葉桐社會
m
15 14 13 12 11 10 9 8 7 6 5 4 3 2 1
90 m 85 80 75 70 65 60 55 50
1 1 4 1 10 3 5 6 6 7 19 1 2 18 8 8 1 1 9 1 2 11 20 1 12 13

笑譚。

此行，調查了綠島海岸一周，樣區合計一百三十五個。

可是，我數十年來一直想要知道海風、東北季風或暴風浪潮如何影響海岸植物？雖然調查累積的數據龐大也夠多，理論上或生態書籍、報告的概念也清楚，然而，我始終欠缺風力如何吹的「眼見為真」，我非得看見風力實際上的路線不可。

於是，二〇一四年十一月七~十日第三次調查綠島，事先想盡辦法要找製造煙霧的工具，包括發函國防部，想要申請煙霧彈，因為我想檢視氣流怎麼走，當氣流撞上海邊植物時，植物如何化解風力等等。

我一生只能「土法煉鋼」！記得要念博士班時，林俊義教授跟我說的：

「『空』！憑你，到美國去，不用二、三年就可拿個學位，何必在這裡讓人……」

自己對台灣山林天地許下的承諾，我沒話說，只是偶而會過分地想像：如果我有儀器、團隊、資源……，我將可創造何等……？然後罵自己不知足，我已經憑個人之力，寫下了敘述性科學（narrative）的《台灣植被誌》十七大冊了，還不夠多嗎？欠玉山山神的「天債」大概也可以交代了吧?!

▲圖1。

所以，我一樣扮演著研究的家家酒，到綠島放起煙霧來了。

奈何風力不夠強勁，煙霧也不理想，後來靠藉向漁民購買的六枚海上信號彈及燃燒草堆，勉強看出些微現象。這些「傻瓜」也知道的「推理」，隨意舉例如下，有興趣稍進一步瞭解或討論者，不妨逕自參考拙作《綠島海岸植被》，二〇一五，前衛出版社。

1. 風自海上吹向陸域，在目測範圍內，所有氣流係依平行於海平面的直線流動。（見圖一）

2. 如同原先推論，氣流上岸後，接觸地面的空氣分子阻力大，速率慢，所以如果從左吹向右，其所形成的漩渦方向，必然是順時針。我在牛頭山施放的地表煙霧，當然如此翻滾。（見圖二）

3. 我在海參坪施放的煙霧，大致「證實」我所謂的「風切面」，正是植物在承受最大風壓或風剪之下，得以長成的最高境界（註：有點「套托邏輯」的弔詭）。（見圖三）

▲圖 4。

▲圖 2。

▲圖 5。

▲圖 3。

4. 除非受到地形阻礙，不同高度的氣流，還是以平行海平面的平行線進行，但地表層特定範圍內，氣流以漩渦滾動。（見圖四）

5. 間歇性的微風下，煙霧呈現不穩定的擴散現象。（見圖五）

最有趣的是植物與風的直接關係。

我以煙霧觀察台灣海岸植物的相應後，我推崇「林投姐」是「風之神」或「風之太極」；林投有可能是全球化解風力的造型設計登峰造極之作。

三天

與靈魂交談了三天，將文藝創作的火炬，
探至無窮意義的地藏

從落花談逢機美；從黑板樹種子毛的天演談分別識的消解；從海風怎麼吹談林投如何打太極拳——我的思維，大致上可以以《華嚴經》一句話作概括：「根性是一，緣何有種種差別。」

有次，我到和美找本土畫家陳來興及其妻秀免姊吃晚飯。無意間我問來興兄：馬頭山畫得如何？他說畫了幾幅，只有一幅是「那個意象、感覺、氛圍一氣呵成」；「其他幾幅，作畫期間我思緒受到波動，曾經斷了氣，那種精神連結不起來，可以丟棄了！」

哈！來興仔的藝術觀點正巧與我從《華嚴經》所延伸的見解不謀而合。

藝術本來就是無法滿足於俗世生活中，所有意志、思維、感受、感官識覺反應及運作、語言、文字等等，都無能展現或傳達意識的波動，因而不得不借助其他的符號系統，去彰顯或宣洩出的內在衝動，好將受困的靈覺衝破，同自體之外（而無內外）的上帝交涉的結果。

無論藝術創作、研究探索、巫覡起乩、宗教獻身……，本質都一個樣，真的就是「我知道我所不知道」、「我不知道我所知道」的整體的一致性引爆啊！

生命的探索正是直逼生命本身，意義無意義都窮盡之後，沒有當下的當下才會浮現。

這三天我算是扎實地跟自己的靈魂交談。感恩我所際遇的人、事、時、地、物。

輯二

神體之美

雨前跑步

我終於知道，人為什麼歌頌自然，因為自然的深處都是歌；
美，也不再是從冰層中往外凝望，
而是像一抹清麗的微笑，溫柔地灑向你

趁著午後雨前，跑步去。

進校園之前等著紅綠燈，看一眼賣房子的廣告屋前，被理成芋仔冰頭的月橘在花塢，而死了一株。嗯！可上相：

朋友看了說：「豐盈對枯瘦，還有雜草裝飾其間。」

我答：「生死、正反，才有戲；不能完美，也得配角攪局。」

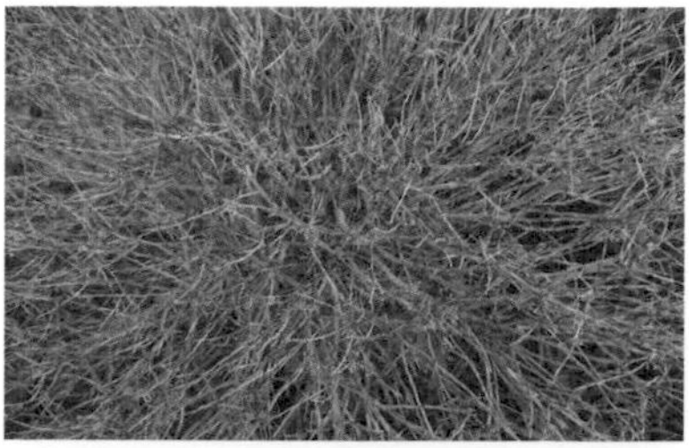

*

進了校園。

一片逃過割草機的五節芒「擁兵自重」。

它們的葉片太長了，總喜歡繞個彎才說話。

晴天下午三時前的五節芒碰不得，太多刺了，只要我泅泳穿過草海，芒草葉緣的小鋸刺，總是在我皮膚上劃出一排又一排的小血珠。

不過，它們對山豬不管用。

三時過後，芒草葉的水氣消蝕了許多，略為柔軟下垂，割傷率大大降低。盛氣必傷人。

＊

到了東海湖，雲層從西天上湧。它們在水面作畫。

湖水不甘示弱，鼓起鱗片反撲。

於是，每條肌理都鼓了起來，朋友說是油畫。

＊

東海湖畔一株被斜砍的樹，死前不瞑目，伸展出許多側枝。最後，謝幕前留下一幅表現主義的「吶喊」！

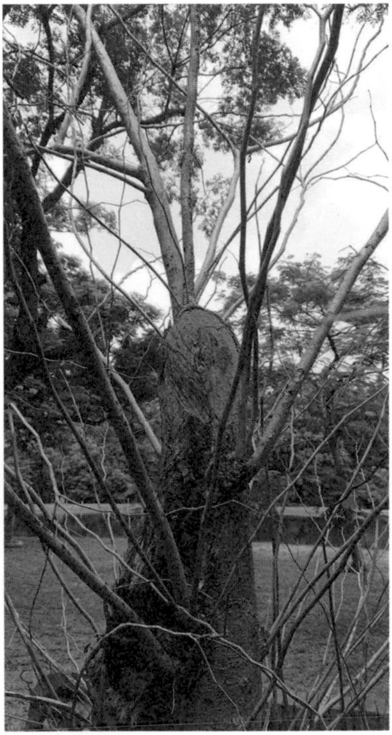

＊

枯樹旁，有隻冒失鬼急速撞進苦楝樹的腰懷。

苦楝樹叫喊了一大聲，戛然定住時空；冒失鬼就卡在那邊，叫了一生一世。

我沒注意到冒失鬼張大的，噤聲的口下，有個失意的人。

朋友看了後，站在美感的角度惋惜：「光線強些，就更立體，可惜！」，我了，但我已慢跑過去了，陽光才又露臉。我不想回頭，是什麼，就是什麼。真實生活如此，朋友說：「無須刻意就是美！」我想：哈，這不就是留白與預留的想像?!

*

離開湖畔前，不經意，撞見了一隻坐化在玉蘭花樹葉上的蟬。想必「圓寂」幾天了，因為近日多雨，蟬屍上長出了藻菌，死得美！

一般熊蟬躲在地中成長了幾年，出土後，喧囂狂歡了幾天，了盡傳宗接代，增添仲夏聲色，過完正常的一生，然後，和著滿地落葉，蟬屍也杯盤狼藉。

這隻，顯然是出家的蟬，自斷輪迴，坐化在也將落葉的樹上。

*

東海郵局旁幾株朱蕉，一年到頭總是堅持嘉年華會的彩妝，我故意不拍它的全景。

朋友說：「光是這張，可以寫好多、好多……」。

既然如此，就不需著墨了。

旁側一大叢又一大叢的紫莉花，每朵都喊著：照過來、照過來！它們每天唱著卡拉ＯＫ！俗擱有力。

*

跑向操場方向，一向大紫大紅的大花紫薇還在熱舞。它的花朵既大且豔，還自以為「高人一等」。

我拍它的新葉與紅葉。哇！靠！

一轉身，烏臼新出的黃綠葉，一坨一坨地，柔弱又堅毅的生意，張撐出空間色塊的力道。

到了濕地松林地。

外來種植林，地被維持草皮。「標準的」，在亞熱帶台灣，每年定期多次除草，為的是以暴力剷除自然法則，營造溫帶景觀，像極了台灣歷來的「體制」。

我盡量把它拍「美」些。

*

我做操的草地上，大黍的花序莖潑出碎碎細語，向風的耳畔傾訴。風耳癢癢的喜感，帶著無限的祝福吹向天邊。

大黍草莖下，圓仔花的姊妹青葙，張裂著一口白牙，大笑迎賓；百喜草則盤佔稍遠處，不受人注目地，生活。

回程，裂瓣朱槿終年的容顏從來妖冶。
我拍攝的重點在於，搶回綠葉的尊容，以及整體畫面的和諧。在此，張力是不足。

而我已懂得珍惜綠精靈的核心，就如同這株朴樹，新生葉正在合唱《快樂頌》。
早夭的荔枝樹，也以它的沉默提醒世人，生、死沒什麼，就這樣。

離開校園前，恰好看見一株銀合歡。想起前幾天夜裡拍它的睡眠狀態。在此，就作個比對。

很少人會比較清醒與睡眠時，自己的容顏。

毛球、水珠與落花

放下對慣性粗魯的忠誠，躍入心靈奔流的大河，
我們就能自由地享受造物主的奇蹟，突破現象界的一切限制

一般來說，世俗的形式主義可以安頓或興起更多煩惱，但它是社會結構現今為止「必要」的損耗；而且因為人智、人性、人情天差地別，人們必須設計出一堆比平均人智更低級的形式，才能「正常實踐」。

話說，生界又如何？

雨後，麻雀紛紛跳出來整理羽毛。

大樓前的紅磚上，我瞧見一隻理毛潑水的麻雀，牠從頭頸到全身，撐開羽毛幹，鼓起毛大衣揮晃，抖掉沾附的水溼。每鼓脹的時候，活像個毛球，讓我笑開來，真是可愛得亂七八糟。

我掛著這個羽毛球上樓「開會」，也帶著它，快樂了兩天。

唉呀！我不知道如何把這快樂回傳給麻雀、榕樹或朋友們。

多天來大雨連綿，高速公路上看著撲面而來，逆流上溯的水滴追逐也是享受。

打破慣性會有一絲喜悅，創新、創造的美感或愉悅的本質正

▲逆水潑墨畫。（2018.6.20；上帝畫）

是演化的天機；愈少社會性的「完美」，當然就有愈大的心智乃至有形的自由。

這天，我也去探視雞蛋花落。雨中、雨後，落花紛紛，就連半開的，也咚的摔給你看。

由於地形不平坦，雞蛋花樹下積了一窪淺水；落花浮上水面後，雨鼓或葉面、枝椏的落水，交錯墜落，敲打出雜亂的漣漪，於是，浮花一朵朵被護送上岸，群聚在狹小的水灣，彼此相擁，傾訴心曲，總成雨後的布局。

被俗化的「夜來風雨聲，花落知多少」，可以是徹底的一幅靜物，千萬別去聯想。

▲雞蛋花樹下的小水窪與水漣的佈局，彷彿滄桑之後人重聚。（2018.6.20；成大）

▲銀河的邂逅。

我凝視著白飯樹葉上的雨珠。粒粒晶瑩中，自有一頃銀河。

雞蛋花落知多少？

雞蛋花落的美麗身影，輝映著無窮天機。它的美，可以是刻意地離析出精緻的愚蠢，也可以是單純地聆賞上帝的素描

▲雞蛋花盛開。（2018.5.2；成大台文系）

台灣古都台南，文化上代表的樹種之一便是雞蛋花。

這個「花名」是流俗自然而然形成的，因為花瓣外白中黃，在不知名的溝通下，聯想成雞蛋的蛋黃與蛋白，我相信此名是台語先行。

其實百、千年來，這種嗜陽的熱帶名花遍植於全球園景，台灣從十七世紀荷蘭時代即已入籍廣植；清國統治時代，不少文人墨客以之題詩入畫；近世的植物介紹、傳媒引介等等，文字、圖片不知凡幾，但內容貧乏、抄來抄去，我不用重複成贅。

我想談的是落花，條件是請別老是掃地。

雞蛋花的花季綿長，南台灣的花期超過八個月，大約只在冬乾季，只剩裸體枝幹期不見花香，而五月進入盛花季。它的落花可以維持多天的新鮮期，因而從印度、印尼、太平洋諸島、夏威夷到加州，老是被編成花串、戴在髮鬢，祭神也飾人。

我在成大台文系館後方，看了雞蛋落花四年餘。

它的自然花落，沒有紛紛或繽紛，只是三不五時，或一時性起，東掉一朵，西落一朵，隨興且率性。然而，由於落花後凋，挺鮮期長，因而地面宿存了落花紛紛的印象。

我凝視了久久，偶而或幸運地看見一朵花落。

它的隕落毫無預期，不知所以，倏忽下墜，跌撞在巨大葉片或枝椏，然後，或旋轉，或翻轉，掉落。著地的瞬間，隱約可聽聞「叫疼」聲，有時還滾翻了幾圈，有時立即定著。

重點在於落點或定位後，大地畫布上的布局，無論怎麼看，怎麼美！幾十年前我在森林內領悟了：從來沒有一片落葉，經過刻意的安排；如今我著迷於落花的布列。

理論上，雞蛋花的落地定點，地面上的排列，取決於花序在樹梢的位置，之垂直於地面的投影點，且以之為中心，向外圍逢機散布。第二層級的影響，是枝葉排列或花朵碰撞後的彈跳；第三層級的外力是風、雨在當時的推送，還有花朵的離地高度等等。

最奇妙處，在於想當然爾的一點兒也不當然，而是神蹟。

也就是落地定位排列出來的美感，絲毫沒有扞格、怪異或異樣。試想，蘋果落地至少還有牛頓的沉思與演算，人類為何從來不會質疑落花的位置？所謂「逢

機美」的本質是何？它是完全符合數不清的物化定律，以及連鎖相關的連續變異體，在時間軸中，所有已知與龐大未知的「定律」，完全「同時」作用、變化、合成的結局，沒有任何一絲「意外」或「例外」，人們卻給了一個最模糊、籠統的名詞或形容詞叫逢機或概率?!

文化史上的「美學原理」、繪畫上所謂的黃金分割、白金比例（我隨意說的）、立體透視、幾何原理、構圖美學，或任何創造性的形而上，大多是數列、數字、數學的引用，或對應，並非什麼真不真理或原理，還有人斥為數百年的「大騙局」，或硬是要「找意義」的迷思。

我朋友說：「在藝術的領域中，多數還是在控制與自由之間執行。」

我問：「為什麼完全物理特性的統合是美，每一自然物或現象皆然？」

我朋友說：「好像就一直是人們驚嘆造化的原因，相信終究有一個上帝或萬神，因為不知道為什麼造化、大自然如此神乎其技，所以需要神！」

其實，人類本身就是無窮神蹟的超級組合體，思維只是抽象化自覺的初階，原本根本沒有唯心、唯物之別，更沒有理性、感性之分。刻意或特定時段的執著叫意志或理性、理

念，往往由二元論或分別識出發，而探討美感或美的原理之際，有了這類偏執，可以說就是「美學」。

從雞蛋落花可以窺見無窮數列的統合。美而學，可以寫出更多迷思與學派，可以成就短暫的，精緻的愚蠢與迷信。「無知」有時候是一種「覺」，我卻從未看見有人從「無知」而覺悟。

雞蛋花落知多少?!

西天大戲一齣

我飛進雲彩裡了，任何形容只是地面的粉塵；
赤裸的光興奮著，我的眼球在寧靜中喘息

二〇一八年十月三十日際夜，我看了整整一個半鐘頭的夕照，用眼看、用思維看、用心看、純看，且不用任何感官而感，感而不看。

出門慢跑時已過五時餘，今天純運動。

原本我都以《心經》計步，今天也默念得離離落落。

進了校園側門才猛然察覺夕照相當完滿，尤其是西天三、五道雲彩，由南朝北，或由北朝南，近乎平行於地平線，橫抹出來；中天蔚藍深邃，偏東的蒼穹則也大把地，同樣平行式，鋪陳更寬厚的彩帶，讓我產生錯覺：嗯，東邊的天空比較高哩！自己都莞爾。

還不能免除想要拍照的心態，然而，近年來沒帶相機或手機，已經沒有遺憾感，反而還更自在，也了然過往我老是在切割風景的屍塊，卻沾沾自喜以為捕捉了影像的永恆，噫！現代人大概造不出「風景」這樣的「動詞」來。

古人隨著自然景物的步調，和著萬象流轉而感知瞬息萬變，否則景就景，何來「風」動？不只風動、旗動、心動，意動、識也動，所有，無一不動。

我一面做操，一面凝視。也停頓，專注諦看。

虛空中若無足夠的水氣帶（雲），必然只見光亮而無彩。光亮要呈現色彩，必然是雲霧水氣精靈的事工。我凝神在識，所以可以見識到無與倫比的細微幻變。

有無數濃淡不一的虹彩翻轉，且隨時沉默地刷新，如同墨汁不足的筆刷，一再地刷翻，新之又新的色帶，而且，又像滾筒走過，留痕不留跡，若即若離。每一雲彩輪流漸層、明暗交替。

如果我能說得出晚霞紅暈的鏡像實況，則所有霞光瞬間跳海。只是因為我們無能就其實境，所以落日晚霞等等詞彙永遠存在。人類歷來講不出口，真辭窮，美感永遠欺負人！豈止無窮刷新，更有無心的粉撲畫。上下前後的雲帶毛孔，一直在吐納、噴粉，光影是無窮漩渦加漂流加游盪。天啊！怎可能有人會認定光是走直線的？自然界沒有直線！

色彩不是色彩，是我毛細孔中，一陣又一陣的酥麻與快感。

所謂的「天色漸暗」根本就是失明講的話。我知道「時光」的確可以倒流，晚霞夕照足以證明。只因為人們沒耐性，不肯讓視覺進入細處品味。是，人眼是有其極限，我相信少有人使用眼力達到極限值的一半。現代人稍一昏暗就想開燈，乃至成為明眼的失明。一次完整的夕陽品味，等同於看一部電影，標準時程一個半小時。

我也倒吊在單槓上看紅暈。

我知道蝙蝠倒掛的視野，牠們很會「享受」。

小時候喜歡彎腰從胯下看，畢竟脫離常軌就有快意。得失不是得失，人本來無得無失，是學習而來的文化枷鎖，硬是綑綁全人類，魯賓遜也沒能解脫。

臥佛是另一種境界。事實上三百六十度、三萬六千度。

看一次完整版的夕照吧！

音聲大化自然

自然的語言本身就是音樂，祂的一切熱情都是歌。
隱於其內的旋律，像美的波濤襲身而致，我酷愛著

承辦「一〇七年度視障者文化體驗公益活動」的彰化生活美學館張予瀞小姐來訊，說是三場次的「文化體驗」之一，要在苗栗苑裡鎮的「藺草文物館」舉辦，他們選了「優質點字書」，拙作《自然音聲》，希望我前往導讀講座，讓視障朋友可以感受書中的世界。

這是近年來台灣在「平權」面向的擴展，令人窩心。這也是我第一次聽聞我的書寫轉變成「點字書」。

見訊後，我第一個浮起的念頭是：真不好意思，我的散文集將近三十年來，除了一、二本之外，相當於沒有遴選、修飾及編輯或設計，早、中期純粹為各種社會運動而寫，晚期則為上課製作及時參考的講義，到了二〇一七年更誇張，一個月完撰、輯一本，因而異質鑲嵌、良莠或功能不一，就我所知，似乎沒有任何一位作家的出版比我更草率！《自然音聲》也一樣，只是二〇一五年八月以降，大約一個學期雜文的輯錄，因而跟我一般「快

速」的出版沒兩樣，我知道如果我有耐心地，將文學的、哲思的、生活的、運動的……好好整理、修飾、分類，加以一流美工設計，或說梳妝打扮，就可以參加什麼獎不獎項的遴選，為自己增添一些多餘的什麼東西。

然而，一輩子不喜歡那些「擺飾」，如同我種植物，寧可讓它「雜草叢生」，也不想搞「園藝」，因為生命、自然從來如是，多了那麼多「人之文」，對我而言是累贅。我不是要非議大多數的人文之常，只是個人不喜歡罷了，那是「我家的事」。

▲玉山山神應現。

可是，面對我前所不知的，自己竟然有「點字書」，我卻覺得愧對視障的朋友，我為什麼沒能以這些朋友為對象，專門書寫一冊適合視覺受阻者點讀的書呢？之所以這樣想，是因為我在電台的廣播節目製作中，曾經獲致視障朋友熱烈的迴響，甚至多次要我協助他學習如何幫人「收驚」！他從我的廣播中，誤以為我懂得一堆咒語之類的「心靈術」。而經過三、四年了，為何我都沒能為視障朋友或其他各類身、心障礙者設想呢？

在我很年輕時候的野外調查體會中，早已了然所謂五官識覺在「心中」的感受，其實是流通、加成、抵銷、動態轉化的。光影對我而言，可以是音聲的色彩啊！體感、味嗅、耳膜、心識，也都是連體蕩漾的。

▲上谷關永久樣區的調查。

所有感官識覺從來融會一整體，且帶動心靈作出人生旅途的眾多選擇，以及在生命內的演化，包括信仰、本體論的內涵。光是一九八〇年我在南仁山一草一木登錄在調查簿的方格中，從苦力細作的山頂到山谷一段落後，一細看、一綜觀，猛然發現每株植物都是上帝五兆兆線譜上的一個小豆芽，而動態（每株都在生老病死）交織躍動，成為大地的交響曲，合奏出無聲且澎湃的音聲，喔！那等浩瀚無窮、莊嚴宏偉，絕非《華嚴》或任何「華藏世界」所能書寫！

夥同花開花謝、果成熟透、芽冒葉落、根系交纏愛撫，蚜蟲螞蟻、胡蜂彩蝶、螞蝗蚯蚓、彩羽飛禽、雨棲爬蟲、松鼠飛鼠、獼猴食蛇龜……高亢發聲的、低吟伴奏的、千百隻毛足撩撥的、風拂草葉起舞的，在晴時多雲偶陣雨十方象限之內、之外，從來迴旋搭勾、雜揉交纏，傳唱千聲萬音中，總是不時傳出獨唱或合鳴的主角輪替。我的五官六識忙到無可傳遞，不得不關閉其他而凝神諦聽。我不知道有什麼語言可以表達滿聽之中，皮膚、鼻孔、眼睛、舌根、心識的無限「聽覺」？

我永遠記得一九八七年某天午後的楠仔溪林道，「我的永久樣區」林內，我在等候滂沱大雨止息，好讓我繼續丈量、登錄群芳譜，而沒有一滴雨水直接落地，都是沿著每片芽葉、枝條輾轉交談，而後，垂直下墜。我說的是落地時的「定音鼓」，自成一首灘糊的打擊樂器千重奏。我昂首參與，落在臉頰、喉頭、肌膚的雨滴重量不一，冰冷度有別，微痛楚或撫慰感，離奇，特別是尾音，滑進去胸臆或背脊，讓我不自覺地顫抖。

人家說「風聲鶴唳」、「殺伐之氣」，我唯一一次遇上的「落葉兵團」才夠辛辣。那

▲筆者設置的楠溪林道闊葉林永久樣區。

是在郡大林道，午後谷風的翻盤時。

當時我正小憩，徜徉在大山大谷林道旁。猛然一陣一系列「咔、咔、咔、咔、咔」，整齊劃一的聲浪驚爆，然後我就看見地上滿滿落葉如同盾牌，快速、緊湊的步伐，撲殺而來。

我全身起了雞皮疙瘩的同時，以為每片葉盾的背後，都躲藏著一隻異獸，手中操執一支沾滿毒液的利矛衝鋒而來。

就在我的痙攣浪濤下滑，又將升起的瞬間，「落葉兵團」剎那倒仆，原來是一大片台灣赤楊的乾癟落葉，被沿著路面鼓起的風陣吹起，竟然節奏跳躍，如同萬行行軍蟻向我衝來。

哈！難得一次被落葉驚嚇的奇遇。

這些，我書寫過幾次，因為刻骨銘心，烙印在每一個毛細孔的記憶。我接到要為視障朋友導讀拙作《自然音聲》時，就順著興奮，汨汨冒出如此意象想要分享！我以為視覺受阻的朋友，或更能領會聲與音的幻變。

▲望鄉附近所見新中橫及神木溪。（1986.11.11）

我也許會先講出我改編的「巴攏公主」故事，大、小鬼湖湖面的漣漪，每一道波紋，都是百步蛇在跳舞；我也許會說出我在往秀姑巒山前進時，被滿山紅毛杜鵑花海，以及陰森北向坡鐵杉林下的更替中，我心海流瀉的熱門搖滾，之與古典第二樂章如歌的行版

▼狹葉櫟新葉。

▲紅毛杜鵑花海。

▲大鬼湖位於全台最大崩塌地，百步蛇的圖騰孕生於此。

無痕接軌。

我視演說就是音聲藝術的創作，創作的良窳不只在內容而已，而在心靈能量能否如同颱風自海面上升，然後形成狂飆的氣旋，蔚為如癡如醉的場域。特殊的語言自有超越的能量，我只是想到要為視障朋友「導讀」，就逕自幻想我要演奏一場「奧義書」，就算屆時我的大氣球洩光，至少，現在的我很快樂！

鎮西堡剪影

關於愛情的語彙太多了，唯有沉默一語中的，
成為無數婚禮的座上賓，我與生死交替中的希望，共眠老去

▲次生蔓藤台灣何首烏攀緣而上，然後垂懸而下花果。（2018.10.28；鎮西堡新光部落）

隔了近三年，我再度前來鎮西堡新光部落探望老朋友依諾（Ino）。

部落搶眼的是，到處攀緣蔓走且盛花的台灣何首烏。

午後，中海拔柔和的陽光斜射，何首烏放肆伸展的花序花花。它們的生殖芽端蓄積了春夏兩季的熱情，急切地在入秋後，盡情迅速地抽長，連珠炮地盛放，名正言順的「花枝招展」。其實，生界的戀愛季節從溫寒帶到赤道，只是時程長短之分，所謂「春情蕩漾、春意濃」等，只是溫帶文化的投射。

生命性愛狂歡的派對，從寒帶到熱帶，在地從森林內向草原，大致譜唱琳瑯滿目的大、小調。

反正鎮西堡的何首烏狂歡於仲秋之後，它們喧囂張揚，無數的婚禮、盛饗，在每個角

▲蔓藤小木通一樣在秋天情愛默默。

落歡唱。

我來，恰好躬逢其盛。

不只。

小木通含蓄而不囂擺，花朵下垂，含情脈脈，只說唇語。

而向天宣示愛情的白背芒，似乎只有我「赴宴」。

芒草的鑑定誠然讓人「茫茫然」，然而，卻是演化上無窮生機的大好階段，無論雜交、變異、返

▲白背芒的婚禮。

祖、「離經叛道」，變化的環境搭配變異的基因池，所謂「好生之德」的「生」，正是變異，絕不止於個體的生死。

世局詭譎、異象繁生、危機四伏、人心渙散，然而，只要我一上山，我就對台灣無限希望、願力無窮，台灣最浩大的能量場當然是山林，永遠默默庇蔭世代子民！

憑藉遠離塵寰的山靈，甦生老去的靈魂
因神的默示而覺醒，掬取力量的泉源
對多汙的人間世，注入神聖的生機

——本間善庫，一九三四，〈台灣中央山脈之歌〉

被綠精靈簇擁著，我躍入這片綠之海；祂們精緻豐潤的輪廓，
與那深邃的眼睛啊，點出了演化仙蹤

第一次吃台灣粗榧的（假）種皮的，黏糊糊的，奇妙的微甜。
新光部落栽植了許多在地的本土裸子植物，台灣粗榧數量不少，教堂旁的小徑木，今秋結了大量種子。

依諾拿個短木條上拋，打落了幾個，慫恿我們吃：

▲台灣粗榧的種子（2018.10.28；鎮西堡教堂旁）。

▲鎮西堡的台灣杉植栽。（2018.10.28）

▲台灣粗榧的種子及假種皮（2018.10.28；鎮西堡教堂旁）。

▲台灣粗榧枝椏三出（2018.10.28；鎮西堡教堂旁）。

「他們說有毒，但吃一、二個沒關係，甜甜的。」真的「不錯吃」。在手上黏糊，入口不沾齒。

歷來我拍了台灣粗榧許多美美的照片，但今天只有今天，不想拿過往貼在今天的鎮西堡。

台灣粗榧的芽總是在先端三出，所以又叫做「三尖杉」，事實上叫「三出杉」更相符。每次看見它的資訊，總常見到其與紅豆杉的分辨，因為它們的葉片相似，其實差太多了。

兩者都是針闊葉混合林帶的「伴生物種」，而紅豆杉傾向於存在於紅檜林；台灣粗榧多見於上部濶葉林帶，它們都是健康原始林的指標之一。

真正的「伴生物種」其實是森林發展到成熟分化的階段，因應特定的所謂「區位」，才能存在的調節機制之一，迄今，沒有充分的生態研究道出其奧祕！但是，

▲漢葒香葉草。（2018.10.28；鎮西堡）

▲水麻。（2018.10.28；鎮西堡）

它們常常在我耳畔傳頌密語。

我彎下一條農路，潮濕駁坎上的一片漢葒魚腥草，綠美得癢癢然！

大家喜歡花果盛饗，眼睛愛吃色彩鮮豔，而常忽略了主食米飯等。我總愛尋常而實在，道道地地的綠之海。

「漢葒魚腥草」明明是「香葉草科」的草本，為何要冠上「魚腥味」？

我嗅聞其汁液，有略微山芹菜的味道，至少鎮西堡的族群是香的。

綠的樣相存有無窮的幻變。

今天，在鎮西堡的綠，就連最常見之一的水麻綠，皺縮縮的樸樸綠，在秋陽的淋浴下，閃閃蕩漾，我卻拍不出它的眉目傳情！

熱鍋煎腥羶太過火的當今台灣，委實適宜加多些菜根譚。台灣本然的綠，珍貴得無以倫比，不要錢！Free！

記憶像是飄然的軌跡，
將肉眼看不出的永恆，悄悄壓印；
我輕揉著那一年劇變，對著落日沉吟

說「青山嫵媚」是有點兒矯情，多是人情溢出。

二十世紀暨之前，外國人來到台灣的歌頌，倒是切中綠的本質，例如卜萊士、中西伊之助等等。

台灣山林的綠色爛漫之花，台灣人似乎看得膩，於是，大量引進外國的紅、紫、黃，是謂「沖喜」？

鎮西堡不免俗，引進了若干鮮豔。

零散幾株外來種的雞爪楓，其實是終年

▲鎮西堡新光部落的對面青山，容顏已受損。（2018.10.28）

▲鎮西堡教堂。（2018.10.28）

通紅。其中一株，種植在鎮西堡教堂宿舍的側邊。

依諾特地帶我們來教堂，因為十九年餘前的九二一大地震當時，我就是投宿在這棟宿舍的邊間。伊諾要我回溫當時。

連續跳動、震動一〇二秒的大地震一開始，我脫口而出：

「終於來了……」

因為之前我的理解，任何台灣人的一生當中，理應接受台灣地體本質的震撼教育一、二次。

九月二十日是我首度調查鎮西堡檜木族群的日子，我們摸黑才回到教堂，不料二十一日凌晨一時四十七分十五．九秒承蒙台灣地體大洗禮。

九二一當天我們趕回台中，立即展開災變調查。我調查半年的結果，只書寫一冊《土地倫理與九二一大震》（陳玉峯，二〇〇〇，前衛出版社），大部分的紀錄及心得，迄今仍然擱懸。

就在宿舍側門口，一株後來栽植的外來種雞爪楓，紅得絢爛。

▲宿舍側門口的雞爪楓。（2018.10.28）

▲黃文龍醫師站在我921大震時投宿的住屋前。（2018.10.28）

▲莊嚴夕照。（2018.10.28）

當年接待我們的阿棟牧師，如今在台大醫院病房，我默默祝禱。

我曾撰寫一些泰雅的山林文化，就是口訪阿棟牧師的精華。

有時候我不免會想，什麼東西比永恆多一天，比宇宙的盡頭多一寸？似乎這就是我對台灣的心情吧?!

下山回程，越過宇老的分水嶺之後，溫暖的夕照許我以另番美好！

星軌的運轉，是梵谷永遠流連的奇探；演化的軌跡，是種子赴死之前的絢爛。在鎮西堡的寧靜歲月裡，一切纏綿的生死愛戀，無情也無恨

▲黃淑梅導演、筆者、依諾及黃文龍醫師在雅屋民宿前（2018.10.28）。

「傍晚逆著陽光看，一般昆蟲就上、下飛，只要連續看到五隻以上直線飛往特定方向，就是蜜蜂。然後，循著那個方向去找，就可以找到蜂巢、採蜜。」車子轉彎時，恰好瞥見逆光日照，依諾立即停下他的機車，逢機解說他的山林經驗。

此行拜訪依諾，緣起二〇一六年黃文龍醫師看了拙作《自然音聲》之後，加上他有個泰雅朋友，他認為書名合該訂為《依諾物語》，且萌生美麗的意念：何不拍攝依諾的自然情操或文化，

▲就在這轉彎逆光的瞬間，依諾擋下我們的行車，說起他找蜂巢的經驗知識。（2018.10.28）

製作感人於無形的短輯，流傳台灣土地生界的芬芳？

於是，就有了二〇一八年十月二十八日的鎮西堡訪友之行。

車上，黃醫師演繹著拍攝的六大旨趣，也就是由拙作〈依諾物語〉篇章內容的勾勒，但我相信我們與依諾會談後，山林天書將會打開廟堂之上，澎湃、婉約的新詩篇。而黃淑梅導演久來，與山林土地的生死相許，拍出太多嘔心瀝血之作，必然可以相得益彰。

老友重逢，歲月無痕跡。

依諾坐在「雅屋民宿」的階梯，

等著我們的到來。

黃醫師、黃導演首度與依諾晤談，然後我們在「雅屋民宿」吃中餐。席間依諾的自然語慧，不時令我們動容。他批判現今台灣的假有機；他對台灣目前為止的種源保育，提出了我數十年的心聲：

「他們蒐集盛產年的大量種子冷藏起來叫保育？不對啊！我們每年採種，每年新播，植物隨時都因應著氣候變遷在調整，每年的種子都在記錄著變遷的軌跡啊！跟他們說，他們都不甩……」

一語中的！

植物基因池的保育，絕非只取得一大批種子貯存。要知每年氣候變遷中，影響植物從授粉（註：牽涉龐多授粉機制的有機及無機因子）、發育、種子變異及其成形，而且，自然界林地內的種子族群，從來都是匯集重重疊疊的時空、個體差異及變異的多樣，再接受每年變化的天擇；種苗萌發後，一樣接受永遠的、複雜的淘汰與競合。

種子、種苗、小樹到老樹，它們從來跟龐多同種、不同種的植物、無數動物、微生物、環境無基因子流轉循環等等，結盟、競爭、合作、談條件、妥協、戰爭……無止境、天文數字的動態愛、恨、情、仇，生中有死、死中有生，而且從來連綿互動、瞬息萬變！

校正人類牙齒、葉克膜的技術，是無能拿來做生態保育的！

數十年台灣的「保育」，依然停滯在人定勝「天」，錢權傾軋的特定利益大輸送，以及文過飾非的廣告詐騙術，就是拒絕自然生界本身。

每代種子是三世兩重因果，是N世M重因果的無窮時空記憶的載體，它們是動態天地之間的生死戀情，誰人如依諾，聽得懂此間的天機與衷情？

我老早「學乖」了，一次不講多、不談深，而且，只能如風中花粉，飛向淤泥、飛向死亡、飛向兆兆億億分之一的奇蹟。幸運也罷，不幸當然；自然界無善非惡，如是綿延。

意外的，認識新朋友：民宿老闆邱美珍女士。我要付餐費時，她不依：

「你長期為台灣土地生態付出，不要褻瀆我們！」

我慚愧，無地自容！

我看見餐廳牆上貼著近十八年前，植物生態及泰雅民俗的簡介，圖中有我繪製的檜木林剖面圖，依諾說：「你的學生製作的。」

▲雅屋民宿餐廳內，左起：邱美珍女士、依諾先生及黃文龍醫師。

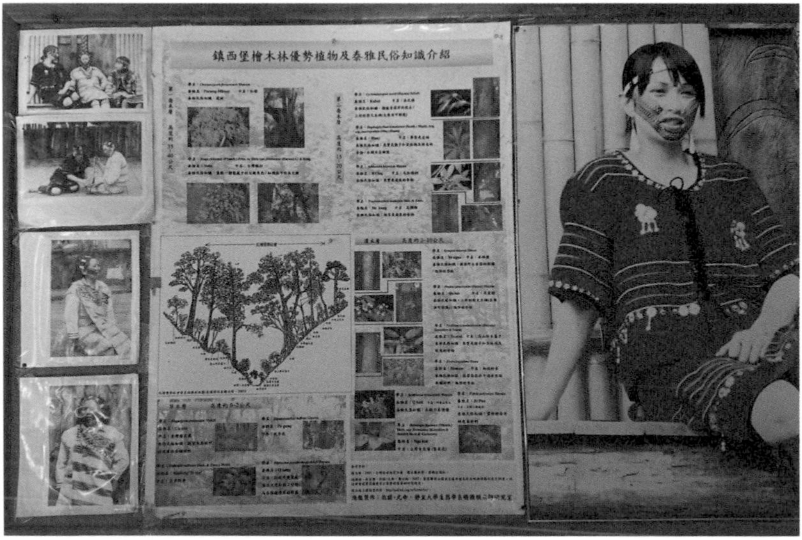

▲雅屋民宿餐廳牆上張貼的解說。（2018.10.28）

後，黃醫師、黃導演洽談著合作拍攝影帶的細節議題，我開溜去拍台灣何首烏、小木通、白背芒、漢紅香葉草等。

然後，依諾前引，帶我們前往教堂，之後，沿途解說若干自然音訊。

最後，我們在依諾之家參觀他的植物研究心得與「成果」。就在此時，恰好阿棟牧師的弟弟：阿隆・優帕司牧師及江金花女士伉儷開車經過。阿隆牧師看見我，興奮地下來敘舊、合照。

緣牽鎮西堡山林造化。

▲阿隆牧師及江女士伉儷。（2018.10.28）

松果說法

永恆的脈衝

橫亙尖端的永恆，瀰漫著純粹的祥和；
我在屬靈的共鳴中，孕育時空

多年來消失匿跡的秋天，二〇一八年的中秋前後回來了！
九月二十二日我看見今年第一批濕地松的落果五、六顆，無由分說，我開始撞採松果。

▲濕地松果的開裂由基部略上方（由大片往小片），螺旋形開展，遇水則反向閉合。

▲前排松果是「正常株」者，後排 7 顆是另株變異怪咖的松果。

▲典型由先端往下張開的毬果！

▲松果的美，在人、在松果的靈動。（2018.9.23；台中）

▼濕地松林。

經由三年來採集松果的統計，我確定濕地松果的形狀，呈現個體植株的顯著差異。最有趣的是毬果乾燥裂開的方式，最常見或典型的是由下往上尖逐次螺旋開裂；另類的，則是毬果先端先張開，再逐次往果柄基方向伸展，真的是「跌破眼鏡」的性狀，當然它的毬果型態非典，而是像條微彎的「Subway」。

我不想寫那些「沒血沒目屎」的制式格式，我了然那套描繪自然物的歷史進程如何形成帝國，以及背景思維的變遷，當然有它的秩序、邏輯及道理，我讚美它，但現在只想遠離。

松果的美感是活體

意識在松果上的靈動與躍動。

二十二日我觸摘六十顆；秋分二十三日我再採一百顆。

第一天有顆松果直落我額頭，如同刺球釘上乩童的頭額，圓滾滾的血珠逐漸長大，然後走下一條條不規則的，寬度不一的紅斑，怵目驚心！我想起曾經烙印在台灣時空的，鄭南榕先生的一張照片。

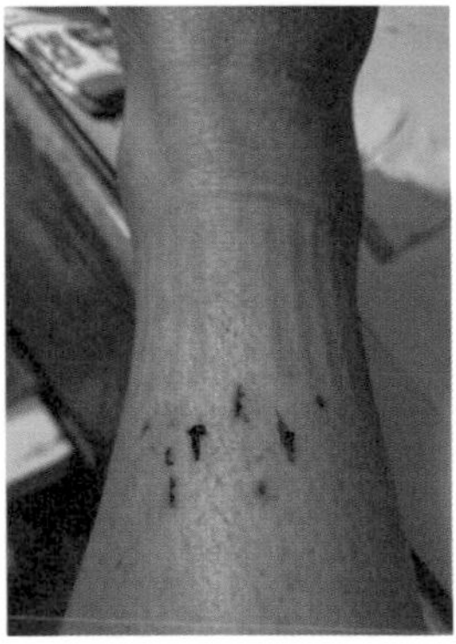
▲濕地松果吻了我的脛骨。

第二天有顆張裂松果掉下時，為了避免直擊水泥地面而鱗片受損，我伸腳承接、緩衝，果鱗臍上的錐體小刺一碰觸，就留下短暫的印痕。

我不是笨到不懂得設計最合宜、效率的工具，純粹只是跑步時的逢機。我老早就不要動機、目的型的生活內容，我只能就地取材。校園花塢內有支大約三・五公尺長的廢棄塑膠水管，我綁上撿來長約五公尺的破竹竿，腐蛀的竹竿裂片，不時爬出肥滋滋的白蟻。

擎舉延長後的水管時，危顫顫地來回晃動，劃出一道道三角函數。我向準某顆松果，凝神灌注，就等待穩定向準的瞬間上戳。在極限尖端的高度不穩態中，我複雜腦海的一切，

▲濕地松毬果敲出的帶翅種子，準備泡水發芽用。

淨空，有時候，我得費時數分鐘，世界止息在遠遠的一端尖。

在臨界片刻，只剩下可憐的丁點意志，如同叔本華思維集中時刻的單純，更像是海明威的《老人與海》，拖著一具大魚骨返航的勝利。

脖子、手臂變瘦、僵硬，我在寂靜凝佇中，意識極速狂飆成空無的一尖端。

愛因斯坦被比喻爛熟的火車與時鐘（間），想像速度逼近光速，時間快要凝凍、時鐘扭曲變形（記得某幅名畫吧？）；反過來，一個短促的脈動聲波，在重複、變慢之後，也可以成為高音的樂音，更慢、更慢些，就成了如同大鼓般的低音。

再試想，唱盤快轉，音轉尖銳；據說，將

一首一小時餘的交響樂快轉到一秒鐘，將只聽到一個清脆的短音。不同作曲家、不同首交響樂都壓縮為〇·五秒之際，不同作品的一個單音，傳統如貝多芬、莫札特的「單音」，感受的是和諧；荀白克的，則如同噪音。

我在觸採松果時，凝神的狀態如同這樣的，和諧的單音，當下沒有其他思維或雜感；所謂研究或思維專注時亦然！是脫離那樣的意境時，我才能書寫這些糟粕、雜思。

如此「狀態」下的事物，並不存在於「時間」之中，反而是時間被存在於思維或事物之中。一般人以「客體、客觀」的時間「尺度」去思考「永恆」，常常只想成絕望的無底深淵；反過來，凝神貫注，思維單一，意識流急速而如如定住，永恆感就脫穎而出。

哈哈！一百六十個松果可以是一百六十個永恆。此際，松果或我，是一種屬靈的脈衝。

優雅的松果

愛因斯坦曾說：「一定有某種東西深藏在事物的背後。」
然而奇妙的是，我們的心能走到那步田地。
由果鱗激起的波光浪影，是天空中的雲洞，是真空裡的銀河

駕駛「少女的祈禱」車的司機跟我交情很好，有時，來不及傾倒的垃圾袋，他會幫我帶走，偶而我們會聊聊天。

傍晚，他看我提著剛採拾的一袋濕地松果，問我的不是它叫什麼，而是：「它敢吔發？」（它會不會發芽？）

因為他問得像真的，我解釋得很植物學。我發現他連果實跟種子的差別都分不清楚，我得從心皮、裸子、被子談起，談到溫帶、熱帶種子的生態差別等等。

很快地我知道他有聽沒有懂，只是寒暄而已。

他回問我的是：蝶豆怎麼發芽？

▲松果的優雅非弦外之音，而是意識本體的相會。

嗯！幾百年了，台灣還是停留在唯用主義、貧窮文化。

我問他毬果很漂亮，要不要帶幾顆？他連回答都沒有。

唉！大概是「職業病」吧，他也許很困惑，我帶一堆「垃圾」回來幹嘛?!

幾年來我採拾了許多松果。有的，我以金油細心粉刷，形成一粒粒亮亮的藝品般（其實它本身就是無比的藝品，沒有任何人造物可以媲美）；有的，寧願它保有原味，只是時日一久，自然氧化，也會加深顏色並腐朽，當然，因為油脂的關係，它在相對乾燥的環境，可以存在百年以上。

說來有趣，我加工了一大批松果，耶誕節到了，我在學校發訊給老師們：要不要松果點綴耶誕樹？整個文學院只有一、二位老師要了一小箱；我舉辦聽友會時，帶了一批，要當慰問品也乏人問津；本來我上課準備一個學生發一顆，解釋果鱗（cone scale）、種臍、螺旋數列、常態與變異、帶翅種子如何飛翔飄落、傳播機制、松樹生態、演化……，也順便送給學生。試了一、二次，我還是「孤芳自賞」。

不過，幾年來我還是送出了一大堆祝福！

照理說、直覺講，人類天生對萬物萬象都充滿好奇、品味、探索的無限心，而文化的氛圍、價值觀的感染，卻叫台灣人視自然為糞土？我看見學生故意踩踏松果、踹踢松果，也拿來當棒球打，大概清掃期間，他們恨透了這些帶刺的傢伙？偶而，我也看到有人把松果撿拾一小堆，放在坐檯上。

有時，我撿起被踩扁的松果做修復，也就是泡水，讓每片果鱗慢慢合攏，回復閉合的狀態，讓木質纖維拉直、撫平，再讓它曬太陽，依序緩慢地螺旋展開。雖然不完美，至少復原個幾成，端視受損的程度。

台灣人短視的唯用，造成失卻了優雅。

基本的，細查自然萬物的耐心跟喜悅都沒有，卻可道貌岸然地說「靜體天心、萬物靜觀皆自得」，我不相信。台灣人總喜歡急切地擁抱失落；最大的失落之一，拋棄最富饒的一顆美麗的自心。

懂得品味、欣賞、細膩的觀察、由衷的讚賞，才可能由三度空間進入多維次的意象。莊重遲緩的行動不是優雅，否則重度中風更優雅；優雅可以是文風不動，可以是迅如閃電，可以是光。

松果的開展與閉合是優雅。肉眼看不見的千絲萬縷，依據不同寬度及長度的纖細細胞壁，從水分多寡作調配。我「聽」得見絲毫的緊繃或鬆弛的弦音，在意識奔流的洪荒中，感官識覺可以無限趨緩或超越光速（？）；超自然不是在自然之外，而是意識的本然；超越生死絕對不是古人以為的「立德、立言、立功」，那些都是糟粕，而是進入意識本身。

在自然界我分不清有何唯物或唯心，難怪有位古代的主教，在唯物主義與唯心論者正在吵翻天時，脫口而出：

No matter, Never mind!

那根在我腳上長出的松針

在人類文明出現之前，生界如夢似幻的浩繁早已開始，每一次磨合的印記，是科學與藝術的極致描摹

▲筆者採觸的那株濕地松。

筆者腳上長出短黑毛的「元凶」。

今早突然發現我的右膝、脛骨皮膚上，「長出」五、六根特別黑色的「短毛」，撫觸還會微微痛楚，而且，「毛」基皮膚存有迷你型的紅斑，是輕微的發炎現象。

我摸摸這幾根短毛，硬硬的，剎那我了然，不是腳毛啦，是濕地松果種臍上的小尖刺啦！

六天前我觸採松果，約有二、三顆掉落在我右腳上，我穿著緊身運動長褲，所以不以為意，

而碰觸當下只是微有感覺，卻沒發現松果短針頭已經斷插在我皮膚上。

每天洗澡及擦拭時，可能多次再將小尖刺內壓。然而，皮膚對於外來入侵的異物排斥，組織細胞通力合作，大家集中力道，在夜晚睡眠時間，將針刺外擠，於是，「短黑毛」就這樣長出來。

我不確定第幾天開始外擠？顯然擠出後，可能再度被我擠進去。於是，搞笑諾貝爾獎的研究題目就出現了：

人體皮膚組織對外力、外來入侵針刺的反應機制是何？鉅細靡遺的過程、如何下達細胞推力？是細胞分裂，還是增加滲透壓？……我最好奇的是，它們產生推力的極限是何？

濕地松果的種臍小尖刺，在生存策略或演化上的意義為何？它不是靠藉松果攀附動物而傳播，何其短小的尖刺，為何容易斷留在動物的表皮，作用為何？……

常常，我洗碗時，水龍頭衝出來的水流聲引發我的尿意，我總會想起那位天才，發明了讓幼兒尿尿的「噓口哨」？水聲、尿聲是如何在中樞神經傳導上連結？這個解答必定贏得「大獎」。

目前醫學或心理學上所謂的「條件反應」、慣性說等等，我都不滿意。

日常生活、自然萬象隨時、隨地、隨象、逢機，我都有無窮的「分別識」的不是問題的問題。有個小孩問張大千畫家，他的長鬍子在睡覺時如何擺放？從此，聽說畫家常常「苦惱」這個「問題」！

還是採松果

從電視裡爬出來的，是赤裸裸的空汙與搖髮的戲子；而我心之所向，是栽進松果裡的眾生

二〇一八年十一月十一日我清晨四時起床，準備驅車前往學校參加校慶運動會，否則我該在環運的另一種「運動會」場吧?!畢竟還在行政的職位，不便缺席。

近日來，每逢南下的高速公路上，濃稠到不行的空汙，讓人鼻酸、眼刺，而今天到了嘉義以南，虛空懸浮微粒高密度之中，東方浮上來的日頭，腥紅而黯淡。

想起一九九〇年代我在台中反空汙；想起二〇一七年底我在高雄反空汙；想起台灣人

徹底善良而懦弱，不只不可愛，也想起阿輝伯的一句話：奴隸當久了，建不了國！

而昨天台中變天，空汙也嚴重，加上連日來看到「中國跟台灣」的選舉，不勝悲哀，多重動態的悲哀。近年來這一切，論者似乎還停滯在「清國奴」的時代，我真想跳玉山！另一方面，多年來看到一大票「只能受難、不宜『成功』」的台灣政客，更讓「忠貞」的台灣草根只能投海！

我已臻「修養」的年歲，盡量不「批判」了，只是難免有時噁心、扼腕。於是，做不了事，還是採松果來得單純。

「果」然，採了三大袋，好快樂！

如同絕大多數的松樹，濕地松一樣在春夏之交著花於枝椏尖，授粉後發育很緩慢。到了年底，小松果還是像雛鳥初粗毛，果鱗尖顯著，全果僅在約二公分以下，必須過冬後，隔年度的生長旺季，松果才加速成長。然而，我欠缺實際解剖觀察，不敢隨便說在台灣的濕地松果是「十七個月」成熟。而每年秋季松果開始落地，二〇一八年大肚台地的濕地松果，是在九月九日第一道北風駕臨之後的第九天，天然掉下第一顆熟落、張開鱗片的大松果。

我在九月二十二日，年度第一次觸採松果，十一月十日最後一次採收。我也進行松子發芽試驗。

經過二年的生長、發育，熟裂（晴天或非雨天）的濕地松果，老早已著生在芽端後方，十餘公分以上的腋生。通常熟裂的濕地松果一觸易掉，不像琉球松果，超愛戀母情結，很難敲落。

濕地松果可在樹上宿存三～五年，但愈久的，顏色愈深且風化愈甚，只有第二年度的（第一年的熟果，熟果的第一年），最是光鮮亮麗。濕地松果掉落在水泥地或柏油路面的瞬間，我大致可以由撞擊聲判斷幾年生，而「結實清脆」者，帶給我喜悅與憂心，喜的是「新鮮圓滿當令」；憂的是不知幾片果鱗受損、折裂？

二〇一八年九月下旬至十月上旬，由於果鱗片新鮮質韌，落地受損率約只一～三成；十月下旬至十一月間的掉落，受損率約佔半；之後者，每況愈下；超過宿存三年者，下掉者原本常即殘缺，而且「體重」銳減。

我去年播種的松子，今年秋長出了幾株幼苗。

今年採子的，我加以處理冷藏二十一天及一個月後播種。

▲生長超過半年的毬果還是小小的，但枝芽已上抽。(2018.11.10)

▲今年度授粉後的小松果，果鱗尖刺顯著。(2018.11.10)

經由春化作用（放冰箱冷藏）處理的種子，播種後第八天後開始萌發，然而，今年二批種苗的發育不佳，夭折率太高。待較完整的觀察後交代。

松果即令有豐年、常年、凶年的生產差異，只是因應天候及生理週期循環的常態，而台灣社會的「異化」卻不忍卒睹。

社會風氣要提升不易，淪落、墮落卻極迅速。千禧年以降，台灣異化、價值瓦解的速率驚人，四二六傾倒人性惡質面無孔不入，台灣的「風清氣正」如今多已全面覆滅！但願不僅天助自助，即令大多數台灣人都已淪為「異形」，我還是祈願上天垂憐！

休閒

在上帝的假期裡，輕捧松果的愜意，
我一生重重的行路裡，也無所謂閒逸

我媽把我的生辰年月日拿去「算命」的「結果」，並沒有說我一輩子勞碌命或「業命」，多是「好命」那類的東西。是我自己「命由我作、福自己求」、「永言配命、自求多福」，下半輩子我才明白，我一直都拒絕「被命運」，都在探索生為人永遠困惑的，終極性或本體論的「命」題，以至於我近乎完全不懂一般所謂「享福」、「休閒」是什麼東東，我根本就沒有休閒或工作之分，研究、探索本身不就是柏拉圖所謂的「高尚娛樂」？

▲施工中的松果。（2018.11.3，夜）

▲快樂的松果。（2018.11.4；星期天，上帝的休閒）

只是心智還是會受到數不清的內外在因素，甚至天體運轉的不等程度的影響。昨日我心智稍停滯，大概如同古布袋戲修道者一出場的台詞：

「閒來無事！」

於是，我就把秋收的濕地松果拿些粉刷金油。

今早曝曬陽光。

我把松果底部翻上，呈現螺旋數列的美感。它們永遠打不開，或說很可能也是「無效」的種子藏諸其內，也可名之為松果本身的「休閒」。

「休閒」有種種週期，似乎是有形天體光與影的二元相。

「休閒」可以是「人、境雙泯」。所以，我又振筆「工作」。

輯三 世代的夢

葡萄與漢氏山葡萄

一位植物學家與一株小生命相遇後，
竟然「互」看不順眼了四年？！到底信仰危脆

▲第四年漢氏山葡萄結出的小果。（2017.12.10）

四、五年前我在家頂樓的花塢，種了一株葡萄。起初，碩大的葡萄莖葉抽出，攀向馬櫻丹的枝幹上，我也依時澆水，習以為常。

第二年，我發現長出的「葡萄葉」縮小了，葉形也怪怪的，但我只以為土壤環境不佳，生長不良所致而不以為意。

第三年，樹上攀藤的「葡萄」開花了，奇

怪，怎麼花序截然不同，花朵迷你、花樣奇特。我竟然想說再等等看。後來，「葡萄果」長出來了，小小的，紫紅、藍綠，鬼才相信它是葡萄。我還是迷信它是我種的葡萄。

第四年，我終於不得不面對事實了。最可能是我種的葡萄在第一年落葉後就死了。第二年長出的，恰好是鳥類排遺的漢氏山葡萄種子，在同樣的位置上萌發，第三年長出了漢氏山葡萄的花序，並開花結果。

好可笑喔！我是「植物學家」！因為我親自種植而「堅信不疑」！

第五年春，被砍掉的漢氏山葡萄重新萌蘗。我得好好保全它，隨時提醒自己「執著」的可怕！

不只是種匏仔生菜瓜吔！

▲第五年從頭萌長的漢氏山葡萄藤枝葉。（2018.3.18）

生態稀有種

我們在針孔式的研究中，不斷錯失生命本來的面目；
而虛空的未來不可能產生任何東西，只會讓事物趨於死亡

▲筆者曾經徹底地毯調查墾丁國家公園的內陸山地原始林區，南仁山。

▲台灣已消失的壯觀原始林，紅檜純林。

台灣稀有植物在整體生態的研究似乎裹足不前，仍然在稀有度、存在地、族群數量之間搜尋，其中一個主因，在於對整體生界或生態系的內涵，深入瞭解的人才太少。

所謂的「稀有」，也停滯在量少或稀少、人本價值觀等面向的評量。

在此，試作側面詮釋。

任何地區，依據氣溫、陽光、水分、立地條件等總體環境因子綜合作用下，可以發展出該地的終極群落叫極相（climax），極相是該地最大資源或因子的利用（例如太陽能）、完整循環、最複雜的動態平衡、最少元素的流失（例如流出的水，測量其導電度近於零，也就是說，近乎沒有元素離子流出）等等，一種地球上開放而封閉的生態體系。

極相的植物社會（當然包括動物等有機生界及無機環境）中，許多族群數量較少的物

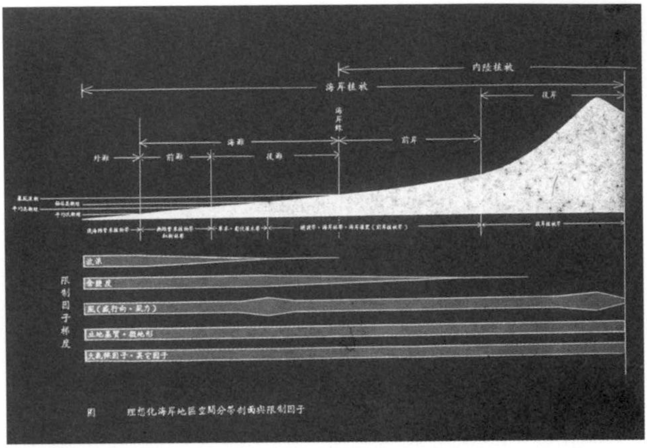

▲以海岸環境爲例，波浪、含鹽度、風、立地基質及大氣候因素，乃主要的限制因子。

種，必須在接近極相社會之際才會出現，也就是說，隨著朝向極相演替的最後階段，各種（各類型）生態區位漸次分化出來，特定的物種才會出現，或因應該區位而發生，或同樣物種的組合，卻在最後階段調整其區位及數量。

事實上許多極相（或亞極相）植物社會中，數量偏低的物種，或所謂伴生種的植物，正是生態系真正的稀有物種，展現出特定生態區位的指標，這類生態意義，就我所知，台灣似乎從來未曾深論。

過往迄今，大家總是強調樟、殼、桑科，或楠榕殼斗等等，卻忽略掉許多伴生的冬青科、灰木科、茶科等，最具演替、演化指標效應的物種！即令提到這類「稀有植物」，充其量加註一句：「存在於闊葉林中」。

還有一類植被生態學上所謂的「倚賴種（dependent species）」（註：相對於獨立種（independent species）），也就是例如附生植物等，其實也是生態區位分化至特定程度，才會出現者，例如恆春半島的連珠蕨等，它們靠藉孢子飛傳，理論上可以到處存在，卻很敏感地，只能在特定區位上發展。

長年來我一直想要以台灣植群為依據，檢討植被生態學上歷來許多專有名詞的人為偏見，重新探討、修正、增刪，開創台灣生

▲白校欑—裡紫錐果椆優勢社會剖面圖。

▲以長尾柯—鬼櫟—森氏櫟優勢社會的祝山山腹闊葉林剖面圖。

態一家之言及系統。然而，我欠缺在專業的特定學校系所長年發展，沒有研究生可以傳承及深入發揮，是有點兒可惜，因為學門的發展必須世代打造，此所以當年我開創全國第一所生態學研究所的「私人」不很重要的原因之一，奈何我用人不當，所在學校學生的素質問題（並非主因），或說客觀環境條件的因緣不足吧?!

當年開創生態學系所的主因，是希望建立台灣生態學的永久資料庫，奠定台灣學的基本項目之一。唉！個人稍具規模的理想，似乎一件也沒成形，我只能遊走體制內外，盡力進行廣泛的生態教育，而不可能累進發展。是啊！「要開創非常的事業，必須要有非常之人，且在非常時機，又在非常的位置之上才可能！」（在台日本人梅陰生，一九〇六，取其意，非其原文，重點在於非常之人而可得其時、得其位），而我沒有任何一項條件具備，因而在生態專業上，迄今尚未傳承！

話回原文。

我最憂心的現象之一，台灣原始森林大多消失的現今（特別是低海拔最複雜的闊葉林），復育原始永續林的最大困境在於：生態伴生種或「生態稀有種」的種源已全然式微，復育形成內在斷層。雖然自然界具有重新調整的潛能，但基因滅絕之後，不可能無中生有，而演化成新種的速率遠遠比不上破壞及滅絕！

學生時代我領悟保育的終極性原因：地球上今後的生命必須來自現今既存的生命；地球上早已脫離無中生有的遠古時代！此一最基本、最簡單的觀念，世間幾人可以瞭解？看到現今的「保育、復育」，我心黯然，而自己十多年來卻另想發展台灣文化誌、自然哲學等等！

整體論（Holism）的理論、研究及內涵，從來未曾在台灣有充分內涵地出現！

▲19世紀末，西方人初睹的台灣低海拔熱帶雨林，其生態內涵迄今仍然在一團五里霧中。

世代

人無法踏進同一條河流兩次，我們卻在流動的萬物之中巧妙地相遇與相惜，也在寬廣的永恆之中推移而分離

▲家門口的榕樹與楓香。

左、右、後方鄰居都跟我家的樹木「不共戴天」，無所不用其極地，想盡辦法剪頭、截肢、削頰我家的樹，門口的行道樹也一樣，曾經還被「報官」會勘，終於裁定我家的樹根並無侵犯到隔壁的領土。

我家植物被迫害史，罄竹難書，不提也罷。

然而，每逢夏季，家門口的大樹的確會引來「麻煩」。因為開車族累了，總是賴在門口避蔭；早晨還有人在門口做體操。

許多年前，有陣子每逢午後，就會有一部賣菜的小貨車停在我家門口。在榕樹及楓香的樹蔭下，一對父子攤鋪馬糞紙板，席地午睡。有時，唸國中的兒子還會在地上寫功課。

有回，兒子指著我家院中的腳踏車指指點點，好像渴盼父親能買部給他，父親叱斥應付。

我下樓跟他們寒暄幾句，陳月霞將那部腳踏車送給男孩。

之後，父子再來午休了兩三次。接著，就消失了。

事隔多年。

今天午後，同樣的貨車停在門口，一個男人鋪著紙板，弓身側睡。

我知道，小男孩不可能再在地上寫功課了。

二〇一八年春，黑冠麻鷺媽媽在我書房外的欄杆上，嘀咕了好一陣子，然後，在大榕樹枝幹間，築了個

▲睡在樹蔭下厚紙板上的男人。

▲黑冠麻鷺巢下的鳥糞。

▲鳥媽。

粗糙的巢。

我先是找不到巢位，後來，從馬路上一灘灘白色的鳥大便處垂直上眺，看見了一隻醜醜大大的小麻鷺。鳥媽靜靜地來回哺育。

五月十日，小麻鷺還在巢中。而五月九日大雨淋漓。五月十日我拍下馬路上即將隨雨水、車輪輾散、消失的，世代傳承的遺跡。

黑冠麻鷺

在盛夏的烈日中相遇阿鷺，卻在無心的陪伴下心繫對方；
成長的印記隨著光斑樹影晃動，那是生命走過的風

▲陽台欄台上的兄弟或姊妹。（2018.5.31）

▲家後院雀榕上綠繡眼的新窩。（2018.3.23）

▲綠繡眼幼鳥。（2018.5.26；黃吾攝）

二〇一八上半年我家鳥口旺盛，兩窩綠繡眼，一大窩黑冠麻鷺。

先是年初到二月下旬，每逢傍晚、入夜，我在案前不時聽到黑冠麻鷺求偶的怪聲。牠們大概很重視情趣、氣氛，反正就是談情說愛了漫長的一段時程。

好不容易平靜下來後，我偶爾瞧見母鳥或公鳥在榕樹上，在陽台磚欄上。

不記四月某天之後，換上了另類呱叫聲，再度吵翻天。每每我尋聲找怪物，但似遠還近，似近遍尋也不覓。直到有天，我從門口馬路上，日漸積多的白色大鳥屎處，垂直上眺，總算找到了黑冠麻鷺窩。

巢位算是隱蔽，我只隱約看到一隻醜醜的雛鳥。慢慢地，吵雜鬼叫聲愈來愈囂張，我才確定是雛鳥的「靠妖聲」。聲浪愈不像話，門口大鳥屎攤就愈加擴大。

五上旬，原本規矩、集中巢位下的鳥屎開始走動，不時在我停在門口的車頂、座前大玻璃上，即興揮灑潑墨畫。從此，進出門得膽顫心驚，深怕被落彈擊中。

原來，幼鳥已離巢，鳥爸媽的餵食已非定點。

五月二十六日黃昏，我在門口瞥見落地的幼鳥，徘徊在施工中的隔壁前院。我取手機拍照，牠走避，且朝馬路衝出。我擔心牠被車輛撞及，跑得比牠快，將牠逼回我家院中。

▲落地的黑冠麻鷺幼鳥，頂著胎毛。（2018.5.26）

我遲疑：我該否「救牠」，抓起牠送回榕樹上？牠在水泥地上的步履分明不穩，是否掉落時摔傷？我要不要像一些噁心吧啦的什麼台灣學者專家，送鳥回巢搏版面、假慈悲？還是像自然頻道的攝影師，噙著淚水，眼睜睜地看著明明輕易可以救援，卻「見死不救」？何謂自然倫理、研究涵養？（我沒在研究牠們，也不刻意觀察）

我進門。我相信鳥爸、鳥媽與幼鳥，可我心一直懸念。

五月三十一日，陽台圍欄上不知何時杵立著兩隻大幼鳥，頭頂上頂著多根胎毛。我心終於釋懷，也暗自驚奇，五月二十六日該幼鳥明明飛不上一公尺高，牠如何上樹？我明白自然有時這樣，有時那樣。

這天，我打開落地窗，取手機，拍下這兩隻「大」可愛，也跟牠們說話，牠們側著頭看我，一動也不動。

六月二日清晨，牠兄弟或姊妹倆，一樣杵在陽台圍欄上。我驅車前往成大參加系友會成立大會及學生畢業典禮之前，先到陽台跟牠倆說再見。

高速公路上我想著：再沒幾天，牠倆也將從榕樹及陽台上畢業，牠們會不會回來參加系友會？是否也該繳會費——一條蚯蚓或半隻青蛙？

這天大會及畢業典禮開幕的致辭我向系友及畢業生說的第一段話：

「有一種美，是失卻了才能體會；有很多種美，會讓你想要再看世界一眼。早上我從台中來學校之前再度聽了電影曲〈往事如煙〉，也跟兩隻黑冠麻鷺說再見，就是這種感覺。」

阿鷺畢業了

從牠的眼睛裡，也看見自己，世界彷彿是水面上的倒影，
我們將在意識的深潭裡相逢

▲阿鷺便便後起飛。（2018.6.10）　▼另隻阿鷺飛向楓香。（2018.6.10）

大多數人看傳媒的感受、抱怨而逢人聊天、宣洩，整體來說不但於事無補，常常只會交互感染負面情緒，引發不必要的負面人性，交織而影響無形的社會氛圍。我自己寫文章、演講，也常在斟酌公共政策批判尺度該當如何拿捏？長年來也擬定原則與不斷修訂，因而像「道人是非」、「非關公義、公利」等等，一概不得出，更不用說私利、私益或私怨等。儘管如此，還是免不了有時候出差錯。唉！自我管理只能警惕、再警惕，任何時刻不得免。

老天賦予人類超越地球任何生命的最大恩寵在於「意識」能力之最，但「意識」的內涵極其複雜，從感官識覺的生物性能力（龐多其他的生物性多元能力，遠比人類強大甚多），經學習、創造等全方位能力，理性、情意的抽象化能力，乃至超越大腦運作的純意識能力，包括上述反省能力等，並非只有人類有之，而常只是程度等第的差別。

「意識」的能力之一，在於同不同意識體之間的溝通或連結；也在於超越意識到意識本身。通常，人跟其他生物之間的「溝通」，總是用擬人化的「想當然爾」，而我從四十多年在台灣山林研究調查的體悟中，輕易地免除掉人本、你我他的界線，不會被知識、感官識覺、理性推理等所綁架。

二〇一八年六月十一日清晨，近兩個多月來吵雜的一隻阿鷺（黑冠麻鷺）畢業走鳥了，

▲阿鷺在陽台上踢正步。（2018.6.5）

前院龍眼小樹上的綠繡眼也同時離巢。我告別了經常向大鳥在陽台上說早安、再見的日子。這幾天的大雨，沖掉了門口一灘灘鳥屎。

回顧人鳥「同居」的日子，我常看著牠們，也從鳥眼裡看見自己，而不思不想，互不相礙。

六月五日我拍攝阿鷺時，我知道牠們即將離去；六月十日，最後一次拍照。

五月十九日我在東海看見、聽見第一隻熊蟬鳴叫；六月五日我看見地上兩隻蟬屍。我在活蟬、死蟬不同顏色的眼睛上，也看見自己。

▲阿鷺哥倆好。（2018.6.5）

我明白從看見到觀見的差別，
不想什麼的純看而觀，或說一切皆
「忘」。

跑步

看著奇異的渦流，旋入生命的原野，我的思念也從樹梢隕墜，
經典則隨著腳印風化了

▲我跑步的路徑也會經過這種不動的動物區。

我跑步繞經東海湖時，一隻暗光鳥（夜鷺）叼著一尾手掌大的吳郭魚飛起。飛沒幾步路，大概魚太重了，牠又落地，我又趕上了。這回牠索性不飛了，只戒備地盯著我。我很確定，我不會跟牠搶那條魚，但另隻強盜大鳥卻飛來搶奪，反而是我的跑步驅離了大鳥。我好奇的是，暗光鳥怎麼吃下「大魚」？

我沒去追。自然界要讓我知道，我就會遇見。

不是我消極，我已經夠「貪心」了，不能每件境遇都要刻意看清楚。

有回，也是跑步路過。突然，樟樹上一隻松鼠跳撲一隻紅鳩，前爪撲到了鳥身，而兩隻同時墜落。

就在離地約一公尺左右，紅鳩翻身飛起，遺留兩支羽毛緩緩而翩翩落地；可憐的松鼠可沒如此優雅，直愣愣地，噗地一聲撞地。一撞之下，松鼠昏厥了。我跑了三步的時程，牠猛然驚醒，有些搖晃地，迅速再度上樹。

先前我不知道松鼠也會獵鳥，抑或只是遊戲？我也無法得知這隻摔暈的松鼠，還會不會有嘗試錯誤的第二次？

看最多的是飛鳥捕蟬。

結局是蟬驚叫了一短聲，而蟬、鳥交叉飛離；或者，飛鳥銜著斷續哀叫的蟬，劃過天際。我的統計，兩者約佔各半的頻度。

秋聲近，滿地蟬屍；颱風後，鳥巢多落地。

有一年，我跑步路線上的一株無患子，掉下了最後二、三片黃葉的同一天夜間，傳道

法師圓寂了。

如今，那株無患子不久之後，就會第四度落葉。

我以《心經》的一個字，配合我的一步。一次跑步大約默唸了三十次二六八字的經文。如今，我只能跑唸十五次。

以無所得故，菩提薩埵。

我從來不知道唸經有什麼「好處」；想要什麼「好處」的，就別唸誦經文。

大、小羅漢孟德爾？

就佇立在那裡，披著公帑，他們平凡嗎？
可正穿著公開的祕密，披著演化法則的啊

一趟台東紅石林道（關山第四十六林班）伐木區，以及海岸林復育暨相關議題的勘查與會議，雖然只有短短二天，如果要好好面對問題及議題，則幾本書也寫不完。然而，一旦設定了議題，人們就看不見有意義的現象了，真是弔詭。其實，部分的關鍵在於，問題或議題本身是否為迷思！

我先挑選微小的問題，簡短討論。

二〇一八年四月二十九日下午，我們參訪「台東苗圃」，一處專門培育海岸植栽的場地。

在地簡報後，我們繞行苗圃一圈。當我們來到大量蘭嶼羅漢松的苗木區時，幾畦看似高大（相對而言）的種苗旁，另有一畦矮小苗，我心想：喔！不同時間的育苗吧？不料，工作人員解說：「這是同一批種實育成的蘭嶼羅漢松，本來想說將這些矮小苗丟棄，但因主計說：這是公費育出的苗，丟棄浪費，所以也留下來了。」

瞬間，我起了一陣雞皮疙瘩，腦海裡投射出十九世紀奧地利西洋和尚孟德爾（Gregor Mendel，一八二二～一八八四年）膾炙人口的「孟德爾定律」。

孟德爾大概因為工作上可以「櫻櫻美代子」，在修道院的園地種豌豆，種出了「遺傳學之父」的丕基。他檢驗豌豆的七大性狀：植株高度、豆莢的形狀及顏色、種子的形狀及顏色，以及花的位置及顏色，從而進行授粉產生新世代的實驗。

當純品系的黃色豆子與綠色豆子的植株交配後，生出來第一代的豆子都是黃色的，然而，到了它們的第二代，綠色的豆子又出現了，而且，統計結果，綠色與黃色的比例為一：三。於是，一八六六年他出版了論文，創造了「顯性」與「隱性」的術語等。

他在高莖及矮莖的試驗發現，高、矮交配生出的子代及孫代，全部都是高的，必須到第四代，出現了高比矮為三：一的統計數字。

後來世人才瞭解，基因是成對存在的。形成配子（或精、卵）時，對偶基因分開了，分別進入不同的配子，所以每一個配子只有父或母的對偶基因的一個（或一半），如此，叫做「分離律」（law of segregation）。接著即「自由分配律」（law of independent assortment）等等。

其實孟德爾實在太幸運了，他挑選的性狀或特徵，恰好存有單純的，一對基因（對偶基因）控制一性狀，因而顯性與隱性經由簡單的統計，馬上可以離析出來。然而，生物大部分的性狀是很複雜的，最簡單的例子：例如影響兔子皮毛顏色的基因有十二對以上；控制果蠅眼睛的顏色及形狀的基因，超過一百對以上。

我在這裡不是要上遺傳學A、B、C的課，我只是看見高、矮蘭嶼羅漢松的當下，彷彿看見三：一的數據，因而瞬間懷疑難道高、矮也是一對基因在控制？因此，要離開苗圃時，我要了高矮各三株。

五月七日，我以皮尺量苗高，三株高的，苗高分別為四十九、四十九、四十三公分，平均四十七公分；三株矮的，分別為十四、十七及十六公分，平均為十五・六七公分。好死不死，高矮平均高度的比例也是三：一！

哈哈！有趣！

▲蘭嶼羅漢松的高苗木（2018.4.29；台東苗圃）。

▲台東苗圃同一批蘭嶼羅漢松的種苗，左三畦是高型；右一畦是矮型，植株數量目視彷彿是 3：1。（2018.4.29）

蘭嶼羅漢松分布於菲律賓等地，蘭嶼是台灣唯一產地。由於它的造型與珍稀，曾經被無良苗商大量採植後，再回蘭嶼摧毀原生族群，用以抬高價格販售。後來，以扦插等無性繁殖大量培育，如今到處可見其植栽。

蘭嶼羅漢松在蘭嶼島，原生於海岸高位及低位珊瑚礁岩立地，深具生態環境的指標意義。過往我未曾單獨對它進行研究，然而台東苗圃一見有意思的現象，讓我聯想一些值得探討的議題。本文只做一提醒：

若依生態保育、遺傳多樣性的角度，這些高型、矮型蘭嶼羅漢松苗如果移種蘭嶼原生育地，說不定只有矮型能存活也未可知，也就是說，經濟林木的育苗觀，之與保育、復育的育苗觀大不相同。保育的立場，必須照顧到遺傳物質的多樣性，「上主所造，必有其用意」啊！

演化不是導向「完美」，人擇往往違反天道。達爾文的演化學說包含兩大階段，一個是沒有方向性的逢機突變；另一即特定環境發揮特定「方向」的選擇。台灣的生物科學教育，似乎從未讓學生搞清楚正確的觀念。

台東苗圃的大、小蘭嶼羅漢松苗木讓我愉悅，也黯然！

輯四
永恆的驪歌

原鄉足跡

不計較任何有形的目的與結果，只在乎此生與母親母土的承諾；
走在山間天池，細究上帝梭織，每一畫記都是燦爛的星點

▲楊國禎與我的生涯路。（2018.7.8）

「Young桑，來，量些漏盧離地莖高！」我央請楊國禎教授開工。

「一百、一百一……七十八、八十六、三十九，這株不正常，七十四、九十三……我量幾株了，好了沒？七十八……」楊隔空喊叫著。

「再量，不夠！……」我邊記錄邊喊；他在近稜，我在中坡。

突然，我看到他彎腰、直立再三，數十年熟悉的影像。

楊認為取樣已足夠，開始估計族群。很快地，放棄估計，開始一株株實際計數，他叫：「一百二十六加減百分之五」。

我說：「我們從年輕，野調到如今吔！」

楊有些靦腆，答不上話。

上一次，二〇一八年六月二十四日，一樣他開車，我們返回台中時，類似的問題我說：「搭公車

▲楊國禎正計算漏盧族群的株數。（2018.7.8；神祕區）

半價的，還有誰在野調？」

他一樣嚅嚅片刻，答不出來。

楊的大嗓門，只要我提個植物或生態上的小問題，他就滔滔不絕、江河潰堤。上次他也有感而發：「……啊，那時候就沒有現在的眼界，看不到現在的深度啊！……」而有些懊惱當初沒有怎樣、怎樣地。

我想起一九八〇、一九八一年我們在南仁山的日子，他調查植物的「摸骨鑑定法」神乎其技，靠著撫觸樹幹，就可說出特定的物種。我在演講時，偶而也會以之為例，說明熟能生巧或庖丁解牛。

我們是幸福的、幸運的，一輩子在探索上帝的志業，直接在自然中不斷照見天機，也一直在追悟思想的反芻，體悟人生的體悟。

表象上我們只不過重複著唯物思維模式的驗證、後驗式歸納（posteri）、反覆修正而自圓其說，以及實證主義以來的所謂科學方法，其實，我明瞭物象極其有限，而生命無從言詮。再怎麼偉大的理論，無濟於生死，但追求、探索理論本身，原本就是想要貼近生命的實然，只可惜絕大多數人，愈是研究愈是遠離生命的精義。自然的親近與學習，第一個

▲楊國禎在紅石林道檢驗被伐除的大牛樟。（2018.4.29）

▲楊國禎與我會同新竹荒野沈競辰的帶隊，勘調蓮花寺溼地。（2018.6.24）

效應：立即敞開心靈無邊際的大銀幕，然而，目的論的念頭一起，佛頭就著糞。

看著楊教授一樣蠻牛一條，而我還是烏龜、蝸牛般，緩慢爬在林野田間，一筆一畫登錄著原鄉記事。梭羅一小冊《湖濱散記》「享譽全球」；我們在母親母土一步一腳印無人聞問，但記載在銀河、宇宙。

哀悼老友彭鏡毅教授

時代的旋風中，有一粒穗優雅地降落，它的根深入泥土，
寧靜地發芽生長，結出更多的子粒來

▲哀悼彭鏡毅教授！

二〇一八年五月二日早晨，楊國禎教授傳來：「彭鏡毅老師昨日逝世！」聞訊哀痛！認識彭教授大概是一九八三年元月，那時我還在台大植物系當助教，而他剛回國不久，在中研院做研究。他主動找我上阿里山採集。

▲彭教授與我緣起眠月線。

彭教授、陳月霞與我在上到阿里山的第二天，我們搭眠月線火車至終點站石猴，然後開始採集植物標本。

彭教授採集過程之審慎、專注、詳實，觀察之敏銳，記錄之詳細，每份採集品的珍惜，動作之細膩，比藝術家更藝術，比宗教更虔敬，看得我嘖嘖稱奇，讓我感慨：這才像個植物學家啊！

也因為他的一絲不苟、專注不

阿，我們錯過了石猴回阿里山的末班車。於是，陳月霞腳穿馬靴，挺著五個月大的肚子，沿著眠月線走回阿里山。沿途，我們聊著研究情趣或其他，但彭教授一樣不放過沿途的每一種植物。

▲眠月線石猴巨石（日治時代名爲達摩石），921 大震時「頭部」隕落。（2009.5.16）

彭教授在台大的碩士論文是做菊科的，我是做植被生態的。所以，菊科或他專精的物種，我向他請教；他不瞭解的物種則問我。我們摸黑才抵達阿里山；那趟採集之旅，彼此留下了深刻的印象。

該年我碩士論文口試前，請他幫我潤飾、修改論文的英文摘要，他幾乎全面改寫成美式的英文，且賦予文學化的修辭。

口試時，蔡淑華教授讚美：

▲斷頭的石猴。（2009.5.16）

「你」的英文摘要寫得真好！我據實以告。

彭教授研究的成就斐然，他對台灣植物學的貢獻，自有歷史的見證，不待我贅言。他有段時程，擔任台中國立科博館的館長，在他離開科博館之前，有次我們去看他，他養了烏龜，一副童心未泯，也是自然科學觀察。

年輕時，我算是「孤僻」，也不懂得「生活」，又堅信研究者的「清高」（曾經台大地理系有位陳正祥教授，研究室門口掛著一木牌，上書：非關研究的談話限時三分鐘！），因而少跟同學、學長、學弟妹互動。雖然彭教授與我亦少互動，或因從生活圈乃至我投入社運等之所致，但彼此之間可說是互相敬重。我很欣賞他治學的嚴謹，他也一向很是禮遇我。他是我在台大植物系生涯中，算是知友、畏友的學長。

人世間有種友誼很是奇特，沒有來往密切，也乏噓寒問暖，但想到彼此，會有一種優

▲眠月線今已封鎖。

雅的正面能量與溫暖。

彭教授沒有遠行，他永遠活在草木天地間，銘記著台灣植物研究史上，一種永恆而親切的典範。

神祕區珍稀物種系列❶

神祕區引介——兼論一枝黃花

在演化的舞台競逐，眾多生命的戲碼，沒有彩排、沒有安可、
沒有虛榮的鼓掌，因而出露一線天機

▲清新溫泉對面的草生地的一枝黃花。（吳金樹攝；2016.12.6）

我走在面海第一道主稜上，一度下走一小段不到十公尺的路。回首估算一下，大約在三十公尺長的足跡，我左右檢視，至少看見下列少見、珍稀、瀕危或一度被視為已滅絕的顯花植物：

1. 蓬萊油菊 *Dendranthema horaimontana*：農委會出版的圖書將之列為「嚴重瀕危絕滅」物種。台灣特產。

2. 台灣破傘菊 *Syneilesi sintermedia*：一九九八年二版台灣植物誌宣稱，超過七十年沒人採鑑到，可能已滅絕。台灣特產，世界唯一。二〇〇三年重現江湖。

3. 漏盧 *Echinops grijsii*：二版台灣植物誌敘述，超過半世紀無人野外採集到，可能已滅絕，但有零星被栽培為藥草。

4. 牡蒿 *Artemisia japonica*：我在綠島海岸見過一小片，還有這裡。

5. 菱葉捕魚木 *Grewia rhombifolia*：可列位稀有，愈來愈少見。台灣特產。

6. 高氏柴胡 *Bupleurum kaoi*：台灣特產珍稀藥用物種，瀕臨滅絕。

7. 台灣野茉莉 *Styrax matsumuraei*：列位稀有，此地數量不少。台灣特產。

8. 白葉釣樟 *Lindera glauca*：特定生育地物種，量不多。

9. 毛柱郁李 *Prunus pogonostyla* ：易受害小灌木，量少。

10. 島田氏雞兒腸 *Aster shimade* (*Kitam.*) *Nemoto* ：易受害物種，在神祕區我拍攝一朵花。

11. 大肚山威靈仙 *Clematis chinensis tatushanensis* ：生育地侷限的台灣特產變種。

12. 琉球野薔薇 *Rosa bracteate Wendl* ：少見，或可列為稀有、瀕危。

13. 華他卡藤 *Dregea volubilis Benth* ：原本分布南台，量少。

等等，而中部類似生育地物種，例如刺葉桂櫻、一枝黃花、小果薔薇、天料木、降真香、球花嘉賜木、毛瓣蝴蝶木、獨腳金、狗花椒等，也可能出現。

聽說，還有一種野小百合，出現後，又消失了。很可能被「植物賞金獵人」幹掉了！

一般人心目中，這裡只是雜草、灌木地；植物愛好者視同為世外桃源聚寶處；我則隨同楊國禎教授的引導，前

▲神祕區一景。（2018.6.24）

來瞻仰造化神奇、時空穿越。

自從一九七九、一九八〇年我在石門山證實了台灣植物、植被帶在往更高海拔上升的大趨勢之後，我不斷依各地實例，反覆解釋這個大變遷，這個現象固然是受到氣候變遷的左右，台灣地體的隆起跟崩塌，也擔任搗蛋助力或反向操作的局部效應。另一大面向，植物本身的遺傳物質及變遷、族群的遺傳漂變等等變化，當然是主觀性的原因之一。

當冰河期來臨，植物從高海拔下遷，同原先在其下位者競爭。原先的下位者當然一方面下遷，一方面頑抗。無論如何，由上往下，面積擴大，增加四播擴散的可能性，但是，有可能其北方的祖先種又來相會，而雜交或競爭。

反之，增溫作用而植物上遷時，面積愈來愈窄縮，生育地愈趨有限，逼得許多物種在低山地區，窄化為生殖隔離的小族群，相當於孤島的在地化遺傳漂變，滅絕有之；演變為亞種、變種、生態型或新種有之。如果又發生小冰期的下降，原生種或已變異者再度雜交，或轉變為多倍體等等，甚為複雜的龐多可能性都可發生。

台灣因為多山，同一座山具有不同坡向、不同坡段，加上地體異動，塑造極為多元的生育立地，演化的天擇壓力極端歧異，生命的境遇無法言詮。數不清的上下、來回、反覆，發生了無數次的切割與複合，變異多到上帝也手忙腳亂，因而台灣的演化速率、亂度或向度，大抵都由高度變動的立地及氣候所擾動。

而植物的一年生、二年生、多年生、草本、灌木、喬木、單子葉、雙子葉、裸子植物、蕨類、極其龐大的非維管束植物等，各自又有不等的世代週期，原則上生活史週期愈短者，同樣時程內的演化世代及速率天差地別，總成台灣大化流轉的樣相，複雜得無以復加。

這些，沒有從形態、環境及基因全面透徹檢驗，無從瞭解其大概，我只能由結局揣摩生命的故事，或說，我只是在撰寫殘破的生物小說。

請容我以台灣低山某個神祕區的幾個物種，分別演繹台灣天演的奧祕。

我是在一九七〇年代末葉，從北台低山發現高地植物的困惑開始我的探索之旅，例如台北近郊石碇皇帝殿、台中大坑頭嵙山等山頭部位，都發現台灣馬醉木。我認為有些物種在「爬山」的過程中，爬成了從低地到高山都「子孫滿堂」而遍地，例如台灣百合；有些物種爬山爬成滿布高地，卻在低山丘陵形成了遺孤孑遺，例如中、高海拔的台灣澤蘭、一枝黃花、蓬萊油菊，而在大肚台地等地，殘存了最後的見證；有些物種則在不同海拔帶（或不同生育地）演化出不同物種；更有許多族群，形成形形色色的小區域珍稀植物。我相信台灣將不斷地「發現」新的「珍稀物種」。

在此，引介近年來在大肚台地「發現」的一枝黃花，眾所周知，它是分布在海拔一千八百~三千五百公尺的高地草原物種，為何在大肚台地海拔二、三百公尺出現？

我認為二十世紀之前，台灣低海拔地區應該許多丘陵、淺山都有一枝黃花的足跡，因為一八九三、一八九四年在高雄、屏東及恆春半島採集的英國人奧古斯丁・亨利（Augustin Henry），曾經上到萬金里港山海拔六、七百公尺附近採集，據說還央請原住民上到恆春半島接近一千公尺的山地採標本。

亨利氏於一八九六年發表的〈台灣植物目錄〉就列有一枝黃花的學名，顯然當時一枝黃花存在於低山。

比亨利氏的發表更早了三十三年，台灣植物研究史上，第一份學名的植物名錄，由斯文豪氏（R. Swinhoe）於一八六三年在倫敦發表。

這份破天荒的名錄，我是在大二時，於台大植物系標本館影印了山本由松的私人藏書第P一二五七號，上面還有他的註記。

斯文豪說明所有植物全部採自九百公尺以下的低地，而他列出了包括蕨類三十三種，

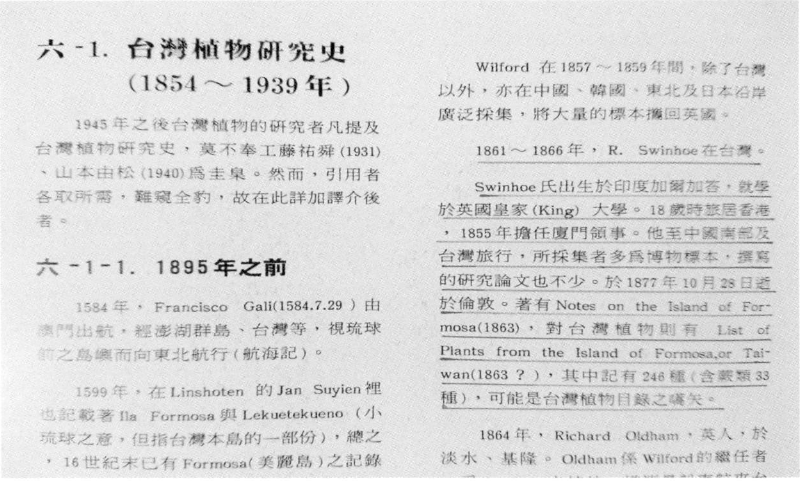

六 -1. 台灣植物研究史
（1854 ～ 1939 年）

1945 年之後台灣植物的研究者凡提及台灣植物研究史，莫不奉工藤祐舜 (1931)、山本由松 (1940) 爲圭臬。然而，引用者各取所需，難窺全豹，故在此詳加譯介後者。

六 -1-1. 1895 年之前

1584 年，Francisco Gali(1584.7.29）由澳門出航，經澎湖群島、台灣等，視琉球前之島嶼而向東北航行（航海記）。

1599 年，在 Linshoten 的 Jan Suyien 裡也記載著 Ila Formosa 與 Lekuetekueno（小琉球之意，但指台灣本島的一部份），總之，16 世紀末已有 Formosa(美麗島）之記錄

Wilford 在 1857 ～ 1859 年間，除了台灣以外，亦在中國、韓國、東北及日本沿岸廣泛採集，將大量的標本攜回英國。

1861 ～ 1866 年，R. Swinhoe 在台灣。

Swinhoe 氏出生於印度加爾加答，就學於英國皇家 (King) 大學。18 歲時旅居香港，1855 年擔任廈門領事。他至中國南部及台灣旅行，所採集者多爲博物標本，撰寫的研究論文也不少。於 1877 年 10 月 28 日逝於倫敦。著有 Notes on the Island of Formosa(1863)，對台灣植物則有 List of Plants from the Island of Formosa,or Taiwan(1863 ？），其中記有 246 種（含蕨類 33 種），可能是台灣植物目錄之嚆矢。

1864 年，Richard Oldham，英人，於淡水、基隆。Oldham 係 Wilford 的繼任者

▲拙作《台灣植被誌》第一卷，117 頁。

合計只有二百四十六種的植物，很明確的，存有一枝黃花！

毫無疑問的，一枝黃花在十九世紀大抵普見於台灣低地。

我推測西元一三五〇～一八五〇年的小冰河期，台灣的低地存在許多現今在高地的物種，而二十世紀以降逐漸滅絕。

我也認為，台灣面海第一、二道主山稜，存在或曾經存在許多最後一次冰期，以及小冰期殘留下來的植物，很可惜在被發現之前，大多數因開發而滅絕！

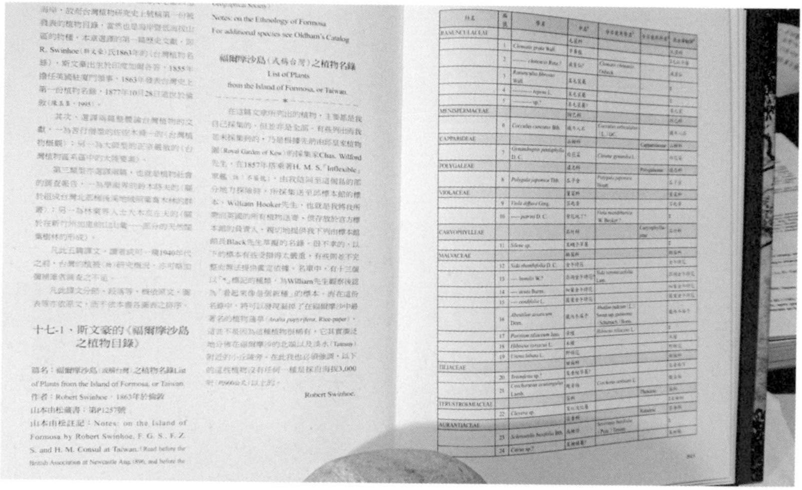

▲拙作《台灣植被誌》第六卷第 11 冊，844、845 頁。

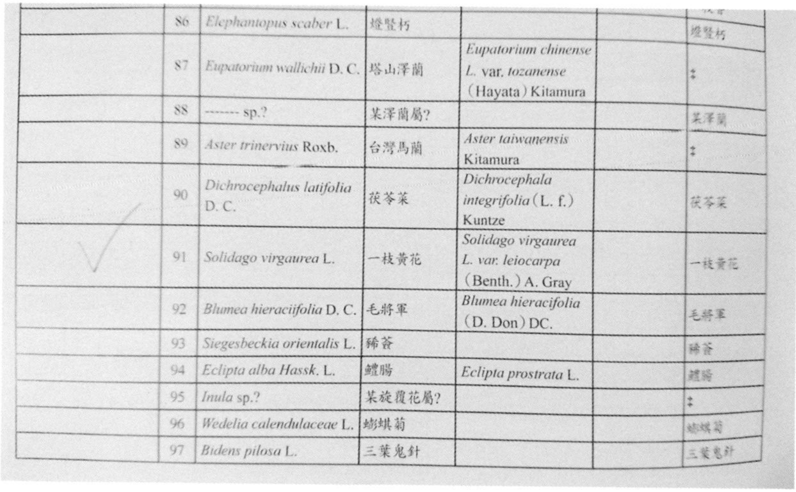

	86	*Elephantopus scaber* L.	燈豎朽			燈豎朽
	87	*Eupatorium wallichii* D. C.	塔山澤蘭	*Eupatorium chinense* L. var. *tozanense* (Hayata) Kitamura		‡
	88	------- sp.?	某澤蘭屬?			某澤蘭
	89	*Aster trinervius* Roxb.	台灣馬蘭	*Aster taiwanensis* Kitamura		‡
	90	*Dichrocephalus latifolia* D. C.	茯苓菜	*Dichrocephala integrifolia* (L. f.) Kuntze		茯苓菜
	91	*Solidago virgaurea* L.	一枝黃花	*Solidago virgaurea* L. var. *leiocarpa* (Benth.) A. Gray		一枝黃花
	92	*Blumea hieraciifolia* D. C.	毛將軍	*Blumea hieracifolia* (D. Don) DC.		毛將軍
	93	*Siegesbeckia orientalis* L.	豨薟			豨薟
	94	*Eclipta alba Hassk.* L.	鱧腸	*Eclipta prostrata* L.		鱧腸
	95	*Inula* sp.?	某旋覆花屬?			‡
	96	*Wedelia calendulaceae* L.	蟛蜞菊			蟛蜞菊
	97	*Bidens pilosa* L.	三葉鬼針			三葉鬼針

▲同書，第 848 頁，筆者整理出一枝黃花列在斯文豪氏名錄的第 91 種。

神祕區珍稀物種系列❷

蓬萊油菊 *Dendranthema horaimontana* (Masam.) S. S. Ying 菊科 Compositae

彷彿看見它們微顫的身影，規模雖小，卻努力圖存，
任何的機會都將影響所有親族的未來

▲神祕奇異區中，在五節芒夾縫裡生存的蓬萊油菊植株。(2018.6.24)

最後一次大冰河期之後的大約八千年來，台灣植物的大趨勢是海拔挺升、由南往北挺進，但因此間發生多次小冰河期，趨勢又逆轉，總之，生命的繁衍與興衰，往往顛沛流離，時、空與機運難以逆料。

我推測蓬萊油菊的祖先可能是最後一次冰河期來到台灣，在適應過程中，異域演化（allopatric speciation）成為台灣特產種，一支在台灣東部石灰岩上，發展成為東台特有的森氏菊；另支在西部，演化成為蓬萊油菊，當然是世界唯一的台灣特產。

不無可能地，在上次小冰期（西元一三五〇～一八五〇年）期間，零散分布於中、北部低山、丘陵台地，數百年來再往上遷移。而在低地、丘陵地區，只能被壓縮在山頂、稜線、上坡段，靠藉山崩、侵蝕、火燒等逢機的性質，提供其短期寄存。一旦穩定性超過種子萌長期限，隨著高草、灌木興起而衰退，終至滅絕。如果，在尚未滅絕之前，某一地區有人為年週期或數年不穩定的放火行為不斷發生，致令該地長期滯留於中草體型以下的植群，則如蓬萊油菊等物種可以適存，或其種子可飛傳，適機易地繁衍。

我認為台灣中北部的西部地區，面海丘陵、台地或低山，在被人類全面土地開發之前，到處存在著冰河孑遺的物種，特別是位在山頂、稜線或易崩塌之地。後來，隨著農耕等土

▲ 2018 年 7 月 8 日再度拍攝的蓬萊油菊。

地利用，消滅了絕大部分孑遺的族群，只在特定區域，例如數十年國防或軍事地域保存。

西部海岸第一道主山稜，過往多設為軍事制高點或防區，我所謂「苗竹神祕高地奇異區」，就存在蓬萊油菊的小族群。

蓬萊油菊是多年生芳香草本，從莖基叢生若干莖枝上長，高可三十~五十公分。單葉互生，外輪廓倒卵形，但多內凹或成瓣，亞肉質，上下表面有毛，下表面銀白色。莖下半段的葉片，常因光線不足而枯縮。

千禧年農委會印行的《台灣稀有及瀕危植物之分級．彩色圖鑑（V）》，七十九、八十頁，將之列為「嚴重瀕危絕滅」的紅燈物種，說是：「僅知分布於台中縣中橫青山、德基一帶，海拔一千二百~一千四百公尺山區之半蔭山壁」；「屬於小且狹隘分布之族群，能繁殖之成熟個體少於二百五十株，族群分布小於一百平方公里，被嚴重隔離……推論在十年或三世代內，族群數量會減少超過百分之五十。」

如此評述，我不想加以評論。

神祕區珍稀物種系列❸

漏盧 *Echinops grijsii Hance*
菊科 Compositae

走過恬靜的年代，不知何時落籍台灣的她，
在方寸之間耕耘樂土，但願人們別再擾其家園

▲由頭頂開始開花的漏盧。（2018.7.8）

一八五四年四月二十日以迄一八九五年的半個世紀期間，殆為台灣植物研究的第一大階段，幾乎全數是西方的博物學家，且以英國人為主導。

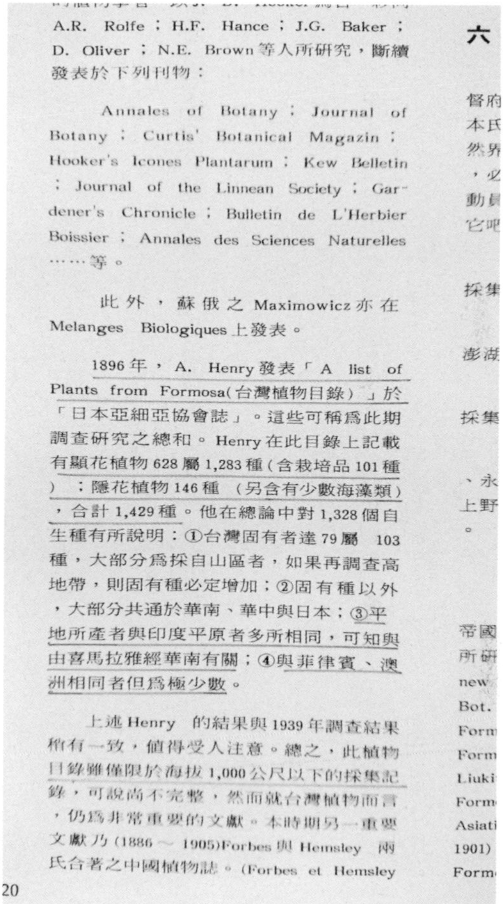

A.R. Rolfe；H.F. Hance；J.G. Baker；D. Oliver；N.E. Brown 等人所研究，斷續發表於下列刊物：

Annales of Botany；Journal of Botany；Curtis' Botanical Magazin；Hooker's Icones Plantarum；Kew Belletin；Journal of the Linnean Society；Gardener's Chronicle；Bulletin de L'Herbier Boissier；Annales des Sciences Naturelles……等。

此外，蘇俄之 Maximowicz 亦在 Melanges Biologiques 上發表。

1896 年，A. Henry 發表「A list of Plants from Formosa(台灣植物目錄)」於「日本亞細亞協會誌」。這些可稱爲此期調查研究之總和。Henry 在此目錄上記載有顯花植物 628 屬 1,283 種（含栽培品 101 種）；隱花植物 146 種（另含有少數海藻類），合計 1,429 種。他在總論中對 1,328 個自生種有所說明：①台灣固有者達 79 屬 103 種，大部分爲採自山區者，如果再調查高地帶，則固有種必定增加；②固有種以外，大部分共通於華南、華中與日本；③平地所產者與印度平原者多所相同，可知與由喜馬拉雅經華南有關；④與菲律賓、澳洲相同者但爲極少數。

上述 Henry 的結果與 1939 年調查結果稍有一致，值得受人注意。總之，此植物目錄雖僅限於海拔 1,000 公尺以下的採集記錄，可說尚不完整，然而就台灣植物而言，仍爲非常重要的文獻。本時期另一重要文獻乃 (1886 ～ 1905)Forbes 與 Hemsley 兩氏合著之中國植物誌。(Forbes et Hemsley

20

▲拙作《台灣植被誌》第一卷 120 頁，回溯台灣第一大階段的植物研究史。

第一大階段植物採鑑的總結果，可以英人奧古斯丁・亨利一八九六年的〈台灣植物目錄〉為代表，網羅了海拔一千公尺以下，台灣植物一四二九種（顯花植物一二八三種，包括栽培品一〇一種），其中，列有現今超級稀有或瀕臨滅絕的漏盧。

漏盧分布在中國東南部，由種種間接的跡象，我推測它最早可能是在八、九千年前來到台灣，但我懷疑也有可能是鄭氏王朝來台時，華人帶進台灣栽植的藥用植物，且尾隨大約一八五〇年小冰期結束後的增溫作用，或一九一二年以降，隨著林業人員帶上阿里山，且零星逸出，偶而存在於玉山國家公園的東埔山區等地。然而，這些似乎都不可考，總之，台灣自然界中的漏盧，在十九世紀末似乎並不多（？）。

一九一〇年，佐佐木舜一曾採集了標本，之後，似乎不復有人採鑑，但人為栽培在零散各地，也算是客家人的藥用植物之一。而野外自生的族群，台灣植物誌將之列為「可能已滅絕」。後來一九八〇、一九八四、一九八六、一九八七年等，分別在新竹、桃園再度發現。

一九九〇年代乃至千禧年之後，在「神祕區」重現「江湖」。

二〇一八年六月二十四日，楊國禎教授帶我前往神祕區，檢視了一族群，莖枝上的球形頭狀花序均已就位；七月八日，我們再度前往，我央請楊教授測量植株高度如下：（單位：公分）

39、47、58、64、66、71、74、74、74、75、76、76、77、78、78、78、78、84、

▲相對高大的漏盧植株。（2018.7.8）

▲一隻細腰蜂前來採集漏盧的花粉或花蜜？

▲ 2018 年 6 月 24 日拍攝的漏盧族群一隅。

85、86、87、87、89、90、93、93、95、97、100、104、110、113及122，合計量度了三十三株，地面株高由極端值的三十九公分，到一百二十二公分，平均八十二・三六公分。

它們是多年生草本，莖基每年春抽長最大片的，有葉柄的葉，且隨莖枝直立上長而互生葉愈來愈小片。單葉，呈現羽狀凹刻，莖上葉無柄。葉緣有細針刺，葉面多綿毛，葉背綿毛呈現銀白色。基本上，全株外觀活似穿上緊身白綿衣，而因其葉形及針刺，有點兒像雞角刺類，不過，一旦花序長出，立即可知必然是不同屬的物種。

球形的頭狀花序頂生，常見莖枝上端多分生出一、二個花序枝。

球形花序上每朵小花五分瓣，從頭頂開始開花，顏色不一，小花也隨開花時程而變化顏色。這種開花的順序，屬於「怪異」型。我尚未觀察完整，但覺得台灣植物誌所繪製的花序，整個球體全開滿盛花很有問題。

我請楊教授也計算「神祕區」的植株總數量，他實算後宣稱一百二十六株，可能加百分之五。

我的興趣在於，為何整個山頭大地，它的族群如此密集在大約十五乘十平方公尺的範圍？小區之外，僅在路邊發現一株？又，它們的更新機制，是否跟定期火燒相關？它們是否易地或在地繁衍？保育的策略該當如何？畢竟我很不喜歡科技主義、掛一漏萬的「組織培養」、人為單向培植、商業或唯利掛帥，更厭惡植物「賞金獵人」的搜利！

在漏盧族群旁側，我們看到唯一一株破傘菊被挖掘掉大半，我只能祈禱那位「獵人」

在復育成功後，發心再回原地補植。

思索著三十九至一百二十二公分株高的變異，這些數字有點類似常態分班的學生成績分布曲線，是否同一株隨著年齡而株高加高？包括更新，一系列連鎖問題有待長期觀察，而未能較清楚了解之前，千萬不要「動手腳」，包括打著復育的名號。

神祕區珍稀物種系列❹

台灣破傘菊*Syneilesis intermedia*(Hay.) Kitam. 菊科Compositae

浴火問生，台灣的保育之路坎坷；

人為製造的天機，將把這群意外珍稀帶領到哪裡去？

▲ 2018 年 6 月 24 日，拍攝被人挖掘後，台灣破傘菊的殘株。

多年生低矮、嗜陽或不甚耐陰、地上部冬枯的草本植物，試問它能長期存在於特定地區的環境特徵是何？

一般台灣低地丘陵、淺山的裸地或草生地，不出五～十年可以天然形成次生林，而無假人為種植。然而，如頭嵙山地層位於山頂、上坡段或膠結力較差的基質，適合植物生長的泥土相對欠缺，相對乾旱期的時程較長，風乾、水蝕、重力、日曬及夜晚因溫度急遽變化引起的脹縮等等交互作用下，加上地中微生物系統未知的消長，導致演替速率遲緩，更因崩塌逢機，植被大抵形成塊斑開放型，而時、空、生物鑲嵌交錯。一旦成樹，而一株樹形成的生態場域，大抵以樹冠垂直投影為主範圍是即「樹下」，形成樹島生態系；主投影周遭或可稱為樹緣或林緣。則前述如台灣破傘菊，充其量可存在樹緣，或高草、灌木間隙，且將隨演替而消失；也有機會在草本至灌木島中存在。

然而，「神祕區」的那叢台灣破傘菊，位居頭嵙山層長年表土流失、礫卵石相間的緩坡，植群屬於密閉式的高草社會，照理說，不出三、五年，也將遭淘汰。檢視「這叢」台灣破傘菊，它存在於卵礫石隙至少應已超過十五年，且不幸，我估計是在二〇一五年（？）慘遭人為挖掘掉五分之四。它之所以存在，其機制並非上述樹島、灌木島的效應，而最可

▲ 二度拍攝的台灣破傘菊殘株。（2018.7.8）

能是火燒循環的不定週期的搭配。

不管是珍稀植物「賞金獵人」，或藥用栽培者，依台灣傳統宗教或民間信仰的觀點，挖掘或破壞珍稀物種的罪業，大得很！我不會詛咒、不必譴責，而為其祈福，因為這等業障，終將自噬，不必勞煩他人。

我要談的是，神祕區地當面海高崗，俯瞰海峽、究極海平面天際線，國軍目視駐防時期容不得視野受蔽，加上吉普輪運等，容不得草木挺高。而除草移剪樹木「費不而惠」，擇期（秋冬）或定期放火燒山最為便捷。於是，長期「火耕」，雨水沖蝕表土，草木反覆焚而再長，長期而營造出火的汰擇。一些在其他非火擇地難以長期存活的物種，拜冬火壓力及其他連鎖環境因子的相關變化，創造出獨特寄存的機會，也在此等環境，收容了許多「珍稀」物種的匯聚，逕自成為特殊火燒循環植物區，將自然界特定物種，組合成為「神祕區」。而火的溫度、週期、在地條件等等，也構成變動的因素。

世界上許多地區，定期放火以維持特定物種的保育，也就是研究之後，人為利用火的營力，維持欲保育物種的更新與續存。

日治時代之前，布農等原住民族在八通關地區的火獵法，則以火燒後，植物長出新嫩枝葉，吸引草食動物前來吃食，增加狩獵成功的機率，日本人禁止之後迄今，台灣大抵不復火獵。我推測，當年八通關地區很可能也存在特定的火燒適存物種或植群。

自然界在原民火獵、火耕之前，天然火燒的時程間隔大致數十、數百年，人為介入後，週期縮短，導致火營物種類的密度及歧異度增高。我曾在秀姑巒山、玉山等中央高地的植群生態，探討火的議題（cf.《台灣植被誌》），但對火的經營管理尚未能掌握，有待依不同地區、不同環境、不同植群等，多方探討。

目前，我推測「神祕區」應屬於大約半個世紀的火營效應所產生，植群後續發展或演替，必然連鎖相關於大約一、二十種稀有或獨特物種的消長，保育策略也形成台灣諸多議題的挑戰，以及價值觀系統的演變。

台灣破傘菊手掌大的掌裂葉片妍美，抽高的花莖有利於種實的飛傳，為何只見於接近稜線的小小集中區存在，有待全山坡的檢證，而必須探討的議題繁多，怕只怕這叢元氣大傷的殘株，有可能於近二、三年內死亡。

我在神祕區檢視著相思樹火焚後的枯枝，以及再生的新枝葉，思考著未知未來的可能性。山、海大地理當預留人見之外，龐大的生機與天機。

▲上次火焚後再長出的相思樹（2018.7.8），據此，可估算火燒週期？

我哭離奇天殘！

看著這些珍稀遺族天真的身影，彈奏著演化傳奇中的最後一聲餘韻，我盈淚失聲

▲台灣最後的槲櫟遺孤（楊國禎攝）

愈是調查探索，我愈是無知！

愈是往億萬法或現象摸索，愈發陷入自然無窮法則交織的動態時、空、物、象的無限相關。莊子太早放棄，所以說生有涯、知無涯，因而逃往唯心世界，編織簡單的困思邏輯及意象連結或想像。我絕對不敢說我悟解莊周夢蝶的神韻，因為我自己不只夢蝶、夢蛹、夢蟲、夢生、夢死、夢入夢中夢，我不會說我了悟齊物論，我沒有唯心、唯物的「傲慢」！

當培根說知識是（一種）力量以後，西方的科學同時繼往開來，不斷地找出了諸多的法則與定律（law）；自然法則、定律正是人類迄今為止，最簡潔有力、有用的表述方式。但是，我說這是一種人本的「傲慢」，唯物科學的傲慢；窮究人、天之理，更是一種夭壽的傲慢。數十年來，我一直在探索著無窮盡的知，也會經常遇見自己的無能、無力感，而我深知無能、無力感也是一種傲慢，因為不斷試圖想要全知。如今，我連無力、無能感也放棄，這大約是我對自然

的信仰。

二〇一八年六月二十四日，楊國禎教授開車，我們前往竹北、新豐交界，鳳山丘陵主稜西南側，一條東南下走西北的崩蝕堆積的溪溝，長約二百餘公尺，寬自上端不及五公尺，

▲全國海拔最低分布的栓皮櫟。（2018.6.24；蓮花寺步道）

▲栓皮櫟更新苗。（2018.6.24；蓮花寺附近）

▲鳳山丘陵與溫帶落葉樹齊聚一堂的海岸物種台灣海棗。（2018.6.24）

至下段約五十公尺，海拔約八、九十公尺，所謂的「蓮花寺溼地」，進行勘調。

這條小小的頭嵙山地層崩蝕大溝，近三十餘年來發現許多珍稀植物群；溪溝一側的西南向崩崖稜上，存有海岸物種的台灣海棗，以及溫帶落葉樹，全國最低海拔分布的栓皮櫟林，附近不遠處，栓皮櫟落葉林中，另夾雜著全台灣唯一存在小區域的，一百多株的落葉樹槲櫟（*Quercus alien*）。

槲櫟分布於中國東北遼寧以南，以迄雲南、四川，卻奇蹟似地，孑遺、殘存著一小族群於鳳山丘陵！而栓皮櫟、槲櫟的生育地中，同時散生著馬尾松，也就是以三義火炎山為最大、最後族群的松樹成員。

這是極度離奇的，集氣候、地質、時空、冰河及小冰河期、生物遷徙、演化及演替的大錯亂、大匯聚，以極小搏極大，開了地球植物區系一大玩笑的詭譎與意外。從來無人可以圓滿道出其歷史變遷或生態學上的奧祕！

此外，環繞著蓮花寺左、右近鄰，栽種至少四、五十年的琉球松也來湊熱鬧。

▲栽植的琉球松。（2018.6.24；蓮花寺步道）

一九九七年前後，全國傳出各類型生物性「瘟疫」，松材線蟲是天牛傳播的病變之一，一九七〇、一九八〇年代我在北台調查時，到處可見的琉球松、日本黑松，特別是北台濱海公路兩側，全數滅絕，且南侵，大約在一九九八～二〇〇二年期間，導致三義火炎山的本土馬尾松百分之九十五．二六死亡（我在二〇〇二年的調查數據）。

離奇的是，蓮花寺南、北的鳳山丘陵上，琉球松植栽似乎免疫，將近全數健在，也創下松材線蟲危害下，唯一的殘存區！

▲蓮花寺溼地。(2018.6.24)

▲田蔥。(2018.6.24)

▲長葉毛膏菜。(2018.6.24)

▲大井氏燈心草。(2018.6.24)

凡此，早已脫離了一般研究調查的經驗法則。

而且，在蓮花池溼地不及一公頃的範圍內，近三十年來發現全國唯一存在於此的食蟲植物長葉毛膏菜，加上小毛氈苔、寬葉毛氈苔及長距耳挖草，共計四種食蟲小植物聚集。還有一堆珍稀物種：田蔥、桃園草、菲律賓穀精草、點頭飄拂草、大井氏燈心草、水莎草、黑珠蒿、大葉穀精草、矮水竹葉、圓錐花遠志……。

▲被彭鏡毅教授宣稱，自從 1910 年的採集迄今，不復有人採鑑，可能已滅絕的台灣破傘菊，就在某地的這一叢十幾年來，還是這一叢！而就在今年，彭鏡毅教授已仙逝！哀哉！（2018.6.24）

若以珍稀、瀕危物種的密度言之，全國無有出其右者！

六月二十四日這天，我跟楊是透過荒野協會向軍方申請進入蓮花寺溼地的。荒野成員由沈競辰專員帶隊，進入園區。他們多年來插指標標示稀有物種，並剪除其他物種「保

▲圓錐花遠志。（2018.6.24）

育」，也就是靠藉人力，力抗演替的物種更替，維繫珍稀物種的生存。

試問，如果放任演替發生，這些溼地物種豈不是在一、二十年內全數滅絕？則最後一次冰河期結束的八千年來，或最近一次小冰期（西元一三五〇～一八五〇年）迄今，這些珍稀物種從何而來？如何維持迄今？今後難道永遠靠藉人力而圖存？何謂保育、永續、天演？數十年來，台灣一旦發現所謂珍稀物種，偷、盜、搶，搜刮殆盡，許多案例明明也無利可圖，為什麼流俗硬是要趕盡殺絕？這是什麼樣的一種文化或風氣？

同樣的，中北台或北中台，另外有

一群特殊殘存的珍稀物種，存在於面海第一道主稜山頭附近，靠藉火燒等循環，維持低或中等體型草本、灌木期而續存，這群十餘種曠世基因，又能維持多久的時程？它們又將如何前瞻？依據目前公權力及保育措施或社會氛圍，又能提出何等有效的保育措施？也逼得少數植物同好者，彼此約束守密，不可公開存在地，然而，祕而不宣，也乏任何圖存策略，誰能確保這群異數能夠生存多少時日?!又，它們的生態條件或生存機制，全國有誰瞭解？誰人能夠提出兩全其美、面面俱到的保育策略？

我在同一天的上、下午踏勘這兩大「奇異點」或「奇異恩典」區，繼一九八一年我在南仁山頂的大哭之後，我淚往肚流。我不敢說現今社會「黃鐘毀棄、瓦釜雷鳴」，但的確是外行領導內行，無知囂張權勢裙帶橫暴天下！誰又能顧及社會價值邊緣的自然生界議題？我哭天、哭地、哭一縷最後生界的血脈遺孤，哭自然不仁、亡台在台！則淚後餘生，如何死後戰鬥?!

我是可以演繹蓮花寺溼地珍稀物種的前世今生，假設推導天演程序，提出從地體、氣候流年機制，但我無能代替上帝，也孤力無法回天；我也大致洞燭另群怪咖年週期旱地珍異群，如何續絕存亡，異地更新；但我無從在一片唯利是圖、膚淺傲慢的統治禿鷹中找出希望，或僅止於溝通、理解，遑論先天不足、後天失調的垷今弱勢暴力！

是的，本文就是無能、無力感的放棄，在上帝跟前自在的泣血而自在。以後，我會提出若干不見得符合時節、天機的見解或策略。現在我只想再大哭一場！

一株山刺番荔枝（*Annona montana*）之死

我的好朋友走了，當年的風華成為血淋淋的事實。
憶起歷來的刀下斷魂，每一次人造的生機都是另一業障的添增

日治時代的台灣從南洋引進許多熱帶植物，廣設研究、推廣園區，也各地栽植，因為那是日本人當時的戰略思維及政策，不只熱帶，溫寒帶一樣鑽研而人才輩出，探討、研究的細微又宏觀的程度，我無話可說。

究竟一大堆日本據台所引進的物種，以及其研究的成果，帶給台灣何等成果、還境衝擊、智識或知識何等啟發，乃至林林總總的影響，國人有無踵繼或檢討，還是一窩蜂大量、不斷引進，絲毫不會反省與承擔？

三、四十年前我痛批台灣是「不設防」的國度，什麼「死人骨頭」都拚命引進，然後熱頭一過，隨意拋棄、無人聞問？這七、八十年來創造的「垃圾」及其危害有多少？

我批判數十年沒啥意思，如今只寫都市跑步所見的「變態生態學」。

我在某個大學跑步運動數十年，所以每株植物都是好朋友。

有一陣子，從側門進去的鳳凰木樹下，有株山刺番荔枝，我看了它多年的開花結實始終沒拍照。當我帶了相機準備拍它時，到了現場卻看見它被砍掉了，而旁側不遠，多了一排水泥花塢新種的蘭嶼羅漢松。

▲被伐除的山刺番荔枝樹。（2017.9.25）

▲新植的蘭嶼羅漢松。（2017.10.24）

二〇一八年八月七日，我刻意去拍攝整個校園當年辛苦栽植的，殘存二、三株的山刺番荔枝。

超過一甲子的歲月，台灣都這樣：「種樹為了砍樹；砍樹為了種樹」。而當年「種菜為了養豬；養豬為了種菜」，至少菜可吃、豬可殺，然而，種樹、砍樹只為了消化預算、另類拚經濟?!

▲山刺番荔枝花苞。

▲山刺番荔枝帶刺的果實。

▲山刺番荔枝濃綠的葉片。

近年來東南亞一帶拚命鼓吹刺果番荔枝（*A. muricata*）果實可以防治癌症等等「仙丹妙用」，台灣也跟著炒熱，一堆盲從犯又開始大種、特種。

而山刺番荔枝從二十世紀初日本人引種迄今，就這樣種種砍砍、砍砍種種，迄今大家不妨查查所有的解說資料，除了抄一抄日治時代資料的表面之外，增加了何等知識或探討?!

台灣這等淺碟子的文化或風氣，除了錢、錢、錢之外，我們一直在添增、累聚的，大概就是業、業、業！

流年狂飆，業障暴漲；天候詭譎，形勢進逼狂暴性毀滅。而掌權錢者，腦袋中裝啥來著？

夾縫中的香附子與我

在無厭的利刃下，生命的張力顯得癡愚。但這一曲詠歎，
完全不因人們的偏執而癱瘓，反倒活得淋漓盡致

我的助理大概很「痛恨」我的「言而無信」，常說「不寫了，休息一天」，一下子又傳去三篇。

志趣工作如同植物生長，順著四時節氣、日夜週期，由不得意志，你得走完生幅、完成天命？當然不是這樣。

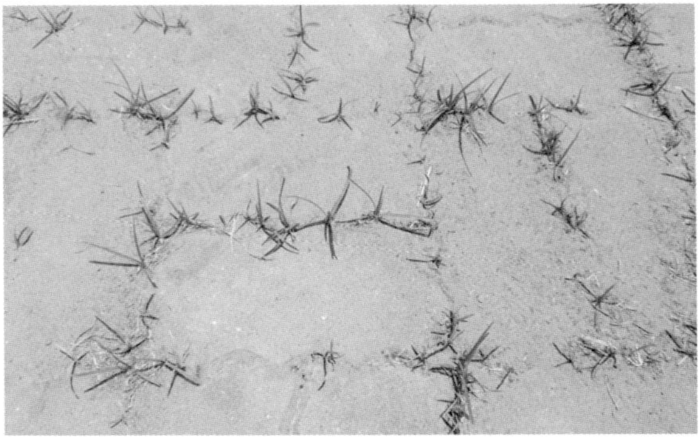

▲ 2018 年 5 月 4 日。

我們先來看何謂「天行健，草木以自強不息」：茲以平地雜草香附子為例，而且是活在水泥地磚之間，夾縫生存的族群。

二〇一八年五月四日，泥土地上、陽光眷顧的香附子植株，早已伸筋展骨，基生葉四射，哪像

我們生不逢處，「布魯克林區」般的環境，沒被踩死已屬萬幸，隔天就是「立夏」了吔！

就在蟬鳴的第一週，成大校園、教室裡，跳蚤大開轟趴的五月中旬，我們勉強有點兒長進；再隔個上帝創世紀的七天，我們長成這般模樣：

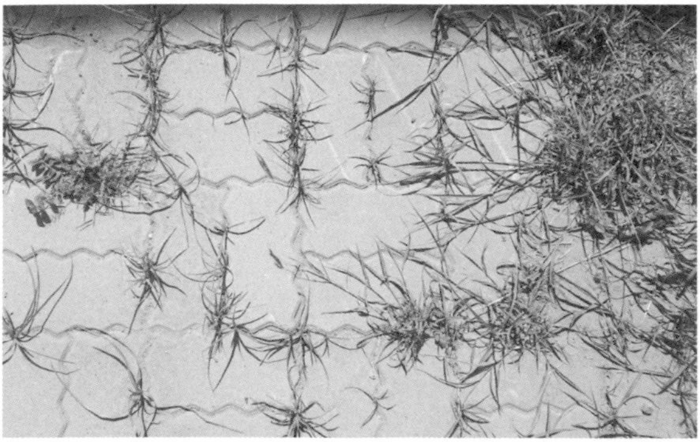

▲ 2018 年 5 月 16 日的香附子族群。

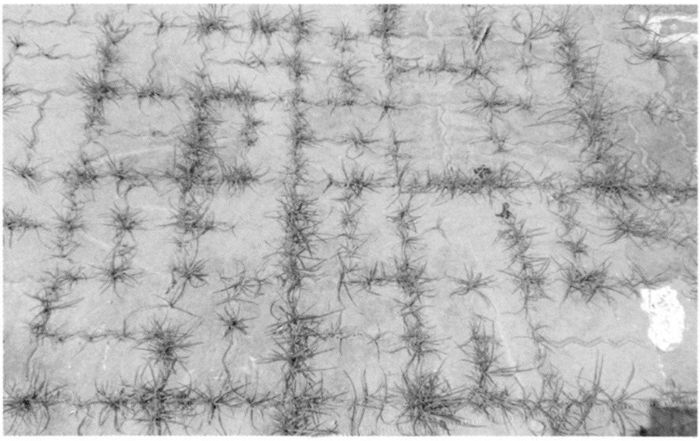

▲ 2018 年 5 月 23 日，漸入佳境。

我們以一個月的時程，好不容易長成草模草樣，偏偏成功大學舉辦全校「清潔比賽」！我們就被割草機全面掃蕩成屍骨橫陳。我們的「死相」，讓成大台文系的系主任，跑去校級會議，接受校長頒發「清潔獎第三名」，外附獎金三萬元！

▲我代表台文系上台，由古早時候曾經是我在台大植物系，第一年帶植物分類學實習課班級的學生，現在是成大校長的蘇慧貞博士，遞給我「獎狀」，她還謙虛地叫我一聲：「老師！」，我跟她說：「我有回到反攻大陸年代的感覺！」（2018.6.27）

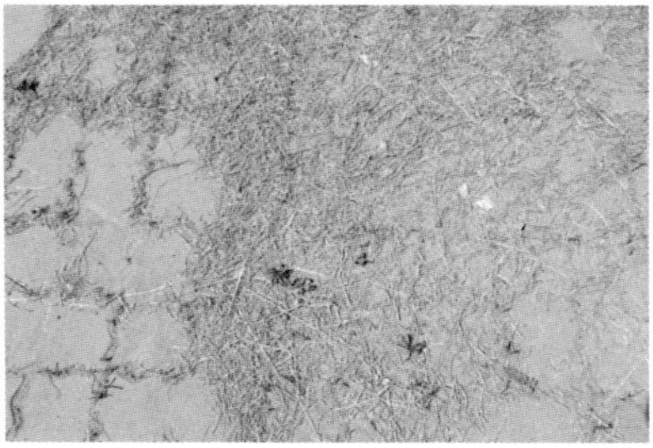

▲6月5日割草，2018年6月6日斷腸後。

劫後，適逢年度生長的旺季，甘霖也適時普降。受創的根莖忘了傷痛，一幅翠綠、濃綠昂首青天：

▲沒人記得傷痕，哪怕只有一縫生機，依然綠意。(2018.6.27)

還好，接下來兩腳怪獸放暑假，我們在七月二十五日前後，審慎、樂觀地成長；我們縮短葉片，不敢大肆張揚：

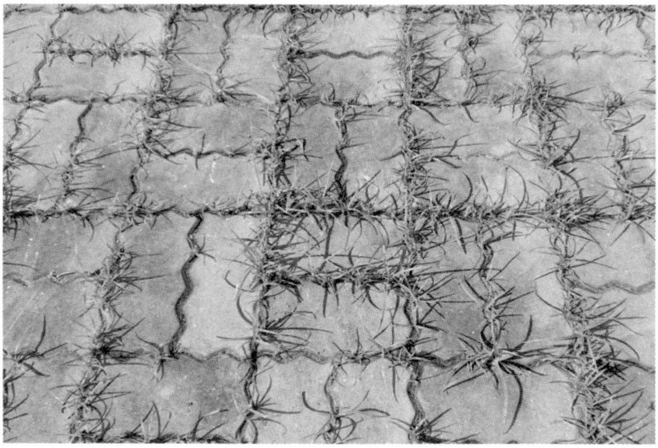
▲我們審慎樂觀、善盡天職地成長。（2018.7.25）

終於熬到了我們遲來的生長季，第一陣北風來襲之後，我們吐穗、婚配，孕育子實。

▲我們利用剛開學，還沒人理會之前開花結實，完成生活史。（2018.9.12）

好景短暫，現實悲慘。九月十七日，我們再度慘遭馘首，變成這般模樣。

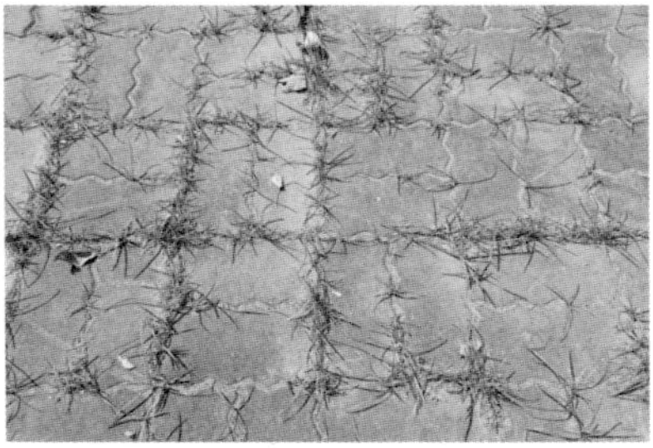

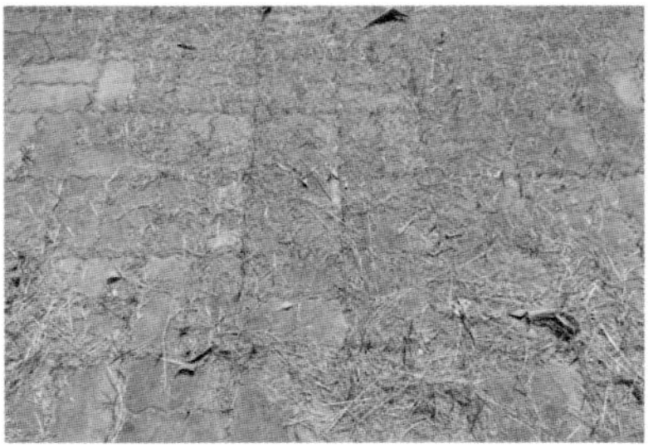

▲ 9 月 17 日香附子族群二度被清除之後，「被逼」速長，10 月 4 日長出如此模樣。

這次我們「學乖」了，「懂得」及時繁衍，連談戀愛的時間也免，以不到一個月的時程，九月十九日，我們植株重新成長且同時二度開花結實；十月十七日所見，大大小小的植株都已完成二胎。

▲ 10 月 17 日所見，大大小小的香附子植株皆已完成二胎。

▲而且，快馬加鞭，顧不得體型大小，以一個月不到的時程，快速成長且開花結實。（2018 年 10 月 17 日）

以上，就是成大台文系館後方，地磚夾縫中，香附子的告白。

我每週看它們一次。

數十年來的生態研究說，環境壓力愈大，植物愈是感知生死關頭來臨，會將更大比例的能量放在生殖。人們解釋，世代繁衍嬗遞決定了生理及行為，而叔本華痛斥被種族欺騙，他選擇不婚、無後代。

暫且不管極為複雜的繁衍策略，我先想瞭解植物如何從人類施加的機械傷害，完成立時改變的生理機制？儘管如今有種種化學物質變化的解釋，我一直假設植物會有另類的「意識思維」，生長激素等化學物質只是其結果，並非成因？

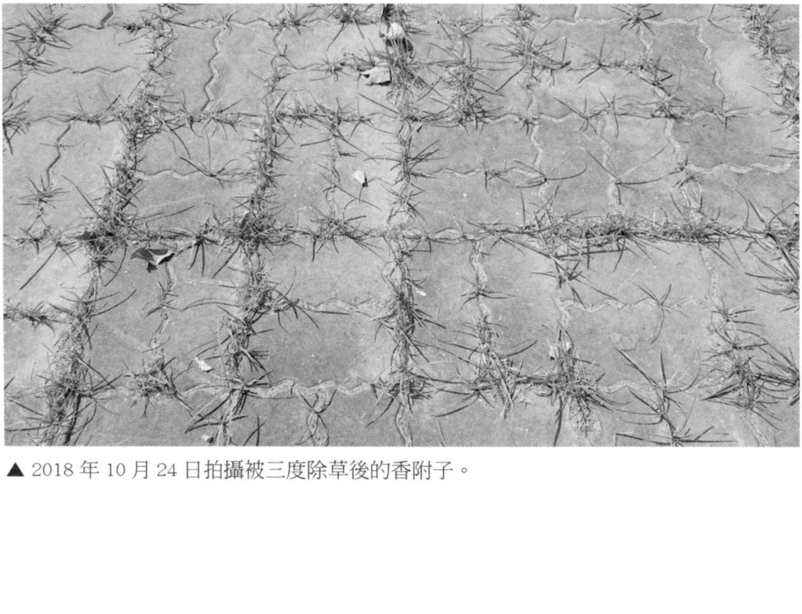

▲ 2018 年 10 月 24 日拍攝被三度除草後的香附子。

▲鯽魚草。

人類愈是堅持理性、邏輯的思維傾向，愈是感受不到宇宙萬物的意識；親近植物的「意識」，千萬不要依據「科學」的思考途徑逼近，「彎彎曲曲的樹，把它當作彎彎曲曲看」，無思無考無念地看，會看出另類的宇宙本體觀。

在我而言，植物比較接近靈界的元素。光是小小「雜草」如香附子，彷彿它可以事先感知或偵測人的思維、意志（識）似的，我在十月十七日拍完它的二胎開花結實後，十月二十四日到了學校才發現，所有香附子又遭到校方第三次大斬首，全面被剪除，而它們早就「預知如此」！

不同環境、不同外在壓力下，多數「雜草」都有各自的生存策略，不管是人們以為的r；K－selection，或是更複雜的歧異演化；雜草生態其實富含快速演化的事實，它們兼具快、準、狠勁，許多物種只要一個禮拜即可以完成生活史，而香附子似乎顯得「愚鈍、緩慢」，它有副雜草少見的「堅貞、執著」！

而我從一九八〇年代迄今，一直懸念著想要好好探索雜草的「生之態」，因為在我看來，人性很大的一部分可相互比擬。奈何在研究的優先律下，幾乎無人甩理所謂的雜草，而只習慣使用殺草劑、割草機或大片黑色塑膠布覆蓋之，我還看過以瓦斯槍的烈火滅草的呢！

九月上、中旬，台灣西南半壁都會的人行道地磚間隙，累積灰塵以及及時雨之後，逢季節盛花的迷你小草即鯽魚草，它們從荒地、海邊殺到都會人生，可能是最近一、二十年事。

我想起國府治台之後，第一代「雜草」專家的許建昌教授，而他的弟子郭長生教授也已退休多年，如今的雜草研究，說不定只能訴諸民間達人?!

出版弁言

信使

陳玉峯教授助理　蔡宜珊

我還是大學生的時候，就開始幫陳玉峯教授傳遞情書。那是多年來魚雁往返的堅定，來自一九八一年與土地生界的浪漫邂逅。

身為信使，我總是將綿綿的愛意謄寫成一式二份，一封放在永恆的窗格，請上帝簽收；一封夾在時代的巨輪，同泥土奔波。

郵戳蓋得手指發麻，如此持續四年。我常常在睡夢中，想望絢爛的文字背後那旅天演奇蹟，好像自己就躺在葉隙，看著無以名狀的「生機」抽芽，葉脈連通身體。而直到我開始爬山後，試著將身心託付森林，文字才在靜美的專注中破碎，語言也無力擔保其博學。彷彿維根斯坦最後的留言：「凡是無法說出的，就應該保持沉默。」

我突然明白，原來千萬方塊的負荷，與無字天書的盈身，是一樣的。正是從本質迸裂出來的驚喜，讓我在描摹自然之際，不受任何目的的誘騙；讓我自腳底竄升的衝動，在目睹不斷毀滅又重生的狀態後，不自覺流淚；更讓我從長期浸淫的那棟，被建了又拆、拆了又建的文學廟堂，毅然選擇出走。

而這本「情書」，就使我想起山中那雙溼潤的眼睛，以及丟棄的包袱。

多年來，我欣賞陳教授「走筆如林」的風範，然這只是一幅肖像。真正躍動的姿態，是他試圖掃除一切概念及因果的律則後，將自身的燭光融於日光的釋懷；他像是古代的吟遊詩人，將自然的幻變、神話的鋒芒，轉成史詩的厚實調性。

歷來的造神運動，總是讓信者矇上虔誠的面具；但弔詭的是，人性之於神性，那井底撈月的辯證關係，始終曖昧不清。我想詩人就是因此而生的。他們美妙的能力，不甩理智與德性。尼采就曾指出：「詩人之所以為詩人，是因為他看到自己為形象所環繞，這些形象在他面前存活與行動，且他能洞見其最內在的本質。」尼采異於叔本華的嚴厲目光，詩人在後者的觀點，仍處於「經驗世界中的長久夢寐」。而陳教授雖然咀嚼科學語言多年，卻在自然生靈(Naturwesen)的擁簇中，逐漸走向夢的陶醉，與實在者生死與共；他在書中屢屢演繹這些綠色精靈，如何在靈魂的脈動中流瀉，以及像白晝一樣明瞭的祝福，為何成為宗教的語言。

這是我以指頭撿字的日子裡，最幸福快樂的時刻。哲學家喬治・柏克萊有句話說：「沒幾個人用腦筋，但誰都有主張。」歷代「偉大」的心靈是如此對抗這些謬誤。我深深地認為陳教授沒有智者的任何特徵，只是留下「真實感受」的車轍，隨土揚塵而形狀異變；而當遠方傳來的鳴笛聲靠近，下一趟逆旅又將興起，奔赴壯烈的理想永無止期！

一八八九年一月三日，尼采去世前一年，在義大利都靈的廣場，看見一匹馬被車夫鞭打，他突然上前抱住馬的脖子，癱軟在地哭喊：「我受苦受難的兄弟啊！」隨即昏迷過去。這是後世有關「尼采精神崩潰」的記憶點，但我瞬間感應到的是，陳教授撫觸那些珍稀植物的痛心無力，「人不會為非所愛而戰，不是你的傷口不會痛」，普遍台灣環境運動的孤鳴，這不也是歷來被社會責難的「非理性」？隨著科技文明的膨脹而拋棄的，對生命的同情？在本書中，陳教授為土地山林哭號三十八年後的收束，還是大哭！我不知道後世人將如何記憶這樣的悽愴，而我也不忍以至死戰鬥的樂觀掩蓋那已然麻木的哀戚，只想和他一起哭。

曾經在研究室中看見他淌下一滴淚，因那時的我無法認同他對於身外之物的「無感」，困惑地問。然而只見他靜默一陣，凝望著窗外的榕樹說：「宜珊啊，有哪朵花不會凋謝呢？」陽光灑落在他的鼻樑，當下，我也流下同情的眼淚，那是對於「捨得」的愛憐。後來我才漸漸明白，也許對於那朵吐馨中的花兒來說，死亡親吻著她最美麗的時刻，而青春沒有任何準備的餘地。

也許，這份信差的工作有一天也將以盛花之姿告別，很清楚的是，其中的情懷已成為我心靈的原鄉。

九　歌　文　庫　1　3　1　8

雞屎藤

國家圖書館出版品預行編目（CIP）資料

雞屎藤 / 陳玉峯著 . -- 初版 . --
臺北市 : 九歌 , 2019.12
面；　公分 . -- (九歌文庫 ; 1318)
ISBN 978-986-450-267-7 (平裝)
863.55　　108018766

作　　者——陳玉峯
責任編輯——鍾欣純
創 辦 人——蔡文甫
發 行 人——蔡澤玉
出版發行——九歌出版社有限公司
台北市 105 八德路 3 段 12 巷 57 弄 40 號
電話／ 02-25776564・傳真／ 02-25789205
郵政劃撥／ 0112295-1

九歌文學網　www.chiuko.com.tw

印　　刷——前進彩藝有限公司
法律顧問——龍躍天律師 ・ 蕭雄淋律師 ・ 董安丹律師
初　　版——2019 年 12 月
定　　價——340 元
書　　號——F1318
I S B N——978-986-450-267-7